MANUEL
DE SAVOIR-VIVRE
À L'USAGE DES RUSTRES
ET DES MALPOLIS

Pierre Desproges

MANUEL DE SAVOIR-VIVRE

À L'USAGE DES RUSTRES ET DES MALPOLIS

Éditions du Seuil

TEXTE INTÉGRAL

ISBN 2-02-032128-9
(ISBN 2-02-005985-1, 1re édition poche)

I

Les bonnes manières à la guerre

Quand un Inférieur croise un Supérieur, l'Inférieur doit saluer le Supérieur.

Cette charmante coutume s'appelle le salut. Pour saluer, l'Inférieur porte sa main droite là, en mettant les doigts comme ça. Quand un Supérieur entre dans la chambre d'un Inférieur, ce dernier doit saluer en bombant le torse. S'il n'a plus de torse, comme cela arrive à la guerre, il doit bomber les genoux, ou n'importe quoi de bombable. C'est la position du garde-à-vous. Dans le garde-à-vous, on doit mettre le petit doigt sur la couture du pantalon, et les pieds comme ça.

Attention : avant de saluer un Supérieur, il faut être sûr que c'est un Supérieur. Un Supérieur est un Gradé. Un Gradé se reconnaît au nombre de ses burettes[1]. Plus le Gradé a de barrettes, plus le salut doit être servile.

Le salut est très joli. L'Inférieur doit y mettre beaucoup de respect pour le Supérieur, sauf en cas d'attaque thermonucléaire, où le salut pourra être effectué un peu plus vite.

Après le salut, il arrive que le Supérieur s'adresse à l'Inférieur. Celui-ci doit alors répondre en tournant humblement son béret dans ses doigts gourds.

A un général, on dit « mon général ».

A un colonel, on dit « mon colonel ».

A un adjudant, on dit « mon adjudant ».

A un deuxième classe, on dit « ta gueule », à condition d'être adjudant.

1. Attention typo : je dis « barrettes ».

L'ennemi : pour quoi faire ?

A la guerre, l'ennemi est très important, pour ne pas dire irremplaçable. C'est même l'élément le plus totalement irremplaçable de la guerre.

En cas de pénurie de tromblons, on pourra avantageusement s'entretuer au glaive, au bazooka, à l'énergie nucléaire, voire à coups de microbes pathogènes. Car les armes, Dieu merci.

— Y a pas de quoi !

— Mais si, mais si. Car les armes sont remplaçables. Mais pas l'ennemi.

Sans l'ennemi la guerre est ridicule.

Une guerre sans ennemi c'est comme un match de football sans ballon : l'homme ne sait sur qui taper, et il s'étiole, et il se ravale bientôt au rang de la bête, et c'est ce qui s'appelle la paix, du nom de la rue du même nom, qui est d'ailleurs elle-même assez souvent ravalée.

Comment reconnaître l'ennemi ?

Il est très important de reconnaître l'ennemi. Un ennemi qu'on ne reconnaît pas, c'est comme pas d'ennemi du tout, j'en frémis rien que d'y penser.

Le général Gamelin, qui faillit mourir à la guerre, avait coutume de dire à sa soubrette Josiane, dont il n'a jamais reconnu l'enfant qu'il lui fit : « Un homme qui ne reconnaît pas l'ennemi est un con. » Après quoi, il avait coutume de lui faire un autre enfant qu'il ne reconnaissait pas non plus.

Voici quelques critères de base permettant à coup sûr de reconnaître l'ennemi :

L'ennemi est bête : il croit que c'est nous l'ennemi, alors que c'est lui ! J'en ris encore !

L'ennemi a des oreilles.

L'ennemi n'est pas contagieux.

D'accord, mais il est héréditaire.

L'ennemi est sournois : quelques fois l'ennemi est dans l'escalier, pour faire croire que c'est la concierge qui revient de suite.

L'ennemi devrait consulter son dentiste.

L'ennemi s'appelle Reviens.
Ah non, pardon, c'est ma gomme.

L'ennemi se déguise parfois en géranium, mais on ne peut pas s'y tromper, car, tandis que le géranium est à nos fenêtres, l'ennemi est à nos portes.

L'ennemi a un uniforme ridicule.

L'ennemi ne sait pas se tenir dans le monde. Quand on invite l'ennemi à la campagne, il égorge nos filles et nos compagnes jusque dans nos bras.

MADAME GUERRE MONDIALE

Cher Gonzague,
C'est affreux : les Russes arrivent.
— Et alors ?
— Et alors, je n'ai rien à me mettre.

NOUVELLES DU FRONT

Mitterrand a encore perdu
un cheveu.

UN FOIE, DEUX REINS.
TROIS RAISONS
D'UTILISER LA BAÏONNETTE.

En inventant l'arme prestigieuse qui porte son nom, Césarien de la Baïonnette a plus fait pour la guerre que Sœur Teresa pour les pauvres.

Les grandes étapes de la vie édifiante de Césarien de la Baïonnette :

Le 11 novembre 1914-18, naissance à Bayonne de Césarien de la Baïonnette. Son père était tailleur, mais sa mère était là, c'est le principal.

A six mois, il perce sa première tétine avec une épingle.

A onze mois, il perce sa première dent.

A huit mois, il perce sa première coccinelle avec une fourchette à escargots.

A onze ans, il perce sa deuxième dent. « Petit, tu iras loin », lui dit son père qui était tailleur, mais là il était revenu exprès pour lui dire : « Petit, tu iras loin. »

(Cette phrase, extraordinairement émouvante de sensibilité poignante, devait être reprise beaucoup plus tard par Louis Jouvet, qui aimait bien pincer paternellement l'oreille de François Périer en lui disant : « Petit, tu iras loin. » C'est en tout cas ce que François Périer prétend. Bernard Blier aussi. Même Madeleine Renaud, mais elle, c'est pour faire croire qu'elle est plus jeune que Louis Jouvet.

Tous ces gens-là ont d'ailleurs fini par percer, ce qui nous ramène en droite ligne à notre sujet, alors ne me dites pas que je m'égare en digressions oiseuses.)

A treize ans, il perce sa troisième dent.

A quatorze ans, il perce sa quatrième dent, et il redouble sa sixième.

A dix-neuf ans, il perce sa belle-sœur.

A vingt ans, il perce à jour le secret de l'affaire Markovic.

A vingt et un ans, il perce son beau-frère.

A vingt-quatre ans, il perce un escargot avec une fourchette à coccinelle.

A quarante et un ans, contrairement aux autres sommités qui ont tendance à mourir à la suite d'une longue et cruelle maladie, il meurt à la suite d'une courte maladie rigolote.

Dans tout ça on se demande où il a encore pu trouver le temps d'inventer la baïonnette.

Césarien de la Baïonnette était un homme réservé pour tous pays, y compris l'URSS. Mais sous ses dehors discrets d'éventreur mondain, il cachait une putain d'âme de poète délicat.

II

Comment déclencher poliment une bonne guerre civile

« Ce qu'il nous faudrait, c'est une bonne guerre ! »

Nombreux sont autour de nous les gens qui lâchent cette petite phrase en soupirant. Mais l'instant d'après, ils retournent vaquer à leur petite vie mesquine et n'y pensent plus. Or, si nous voulons vraiment la guerre, il ne suffit pas de l'appeler de nos vœux en levant les yeux au ciel d'un air impuissant. Pour qu'un sang impur abreuve de nouveau nos sillons, il nous faut semer véhémentement l'idée de la guerre. Faute de quoi, cette drôle de paix qui a envahi la France voici près de quarante années finira par nous encroûter totalement, les vraies valeurs seront de plus en plus bafouées, les jeunes d'aujourd'hui seront de moins en moins ce que c'était, ma pauvre dame, et le respect se perdra de plus en plus dans les usines du grand-père de Souchon.

Comment faire, alors, pour être sûr d'avoir la guerre ? A l'échelon planétaire, l'équilibre de la terreur est tel qu'on ne peut guère espérer un conflit mondial avant plusieurs semaines, à moins d'un court-circuit, ou d'une défaillance humaine. Mais combien de chances avons-nous de voir un sous-officier ivre mort se casser la gueule juste sur le petit bouton rouge de la force de frappe ?

Non, ne rêvons pas : la Troisième Guerre mondiale n'aura pas lieu ces jours-ci.

Pourquoi n'organiserions-nous pas une guerre FRANÇAISE, dans laquelle les forces en présence seraient toutes françaises ? Réfléchissons un instant ; prends ta tête à deux mains mon cousin. Pour que l'idée de guerre germe dans le cœur de l'homme, il suffit que l'homme entretienne en lui la haine de l'autre. En 1914 (tiens, 14-18 : ça, c'est de la guerre), les jeunes soldats français croyaient dur comme fer que les Allemands avaient les pieds crochus, sentaient le purin, et qu'ils n'arrêtaient de boire de la bière que pour venir jusque dans nos bras égorger nos filles et nos compagnes. Grâce à quoi, à cette époque, les jeunes Français avaient les cheveux courts et ne fumaient pas des saloperies que la morale réprouve. D'accord, ils sont morts, mais les cheveux courts !

En ces conditions, pourquoi ne pas déclarer une fois de plus la guerre à l'Allemagne direz-vous ? C'est une très mauvaise question, je ne vous remercie pas de me l'avoir posée. Déclarer une guerre à l'échelon européen, ce serait défier l'équilibre anti-apocalyptique déjà précaire, édifié par les deux ogres détenteurs de la force totale. Or, ces deux titans se sont arrogé de longue date l'exclusivité de la solution finale du problème « homme » par la méthode dite du champignon définitif.

Ils ne nous laisseront pas faire.

Non. La seule guerre raisonnablement envisageable, c'est la guerre cent pour cent française, entre Français. Et puisque la haine est le moteur de la guerre, apprenons à nous haïr entre nous. Ah ! certes, il est plus facile de haïr les Arabes ou les Anglais dont les mœurs incroyablement primitives ont de quoi nous révulser. Est-ce que je mange du gigot à la menthe en me tournant vers La Mecque, moi ? Non ! Je suis normal : je mange des cuisses de grenouilles en me tournant vers Guy Darbois.

Ainsi, pour bien nous haïr entre Français, nous devons tenter d'oublier ce qui nous unit, et mettre l'accent sur ce qui nous sépare. Chaque région de ce pays a ses rites et coutumes qui ne sont pas les mêmes que ceux de la région d'à côté. Apprenons à les connaître, apprenons à les détester. C'est à ce prix que nous aurons la guerre civile franco-française, ultime recours pour nous sortir de la crise.

Les Béarnais sont-ils des gens comme nous ? Je dis non.

J'ai sous les yeux un pot de sauce béarnaise. Vous voulez savoir ce qu'ils mettent dans la sauce béarnaise, les Béarnais ? C'est une honte : « Huile de soja 63 %, farine de maïs 0,9 %, estragon, cerfeuil 1,9 %, excipient E 312, 0,2 %. A consommer de préférence avant le 6 mars 1984. Pas d'utilisation prolongée sans avis médical. »

Huile de soja 63 % ! d'où vient tout ce soja ? Mais de Chine, bien sûr. De là à prétendre que les Béarnais ont signé un pacte secret avec la Chine rouge il n'y a qu'un pas. Allons-nous hésiter à le franchir allégrement ? Non !

D'autre part, de Pau à Foix et de Foix à Pau, on ne rencontre que des dégénérés alcooliques détruits jusqu'à l'os par les abus de jambon de Bayonne que ces gens-là trempent en tranches épaisses dans leurs grands bols pleins d'alcool de pruneaux, à jeun bien sûr. Ainsi ceux de Pau ont des maladies de foie, ceux de Foix ont des maladies de peau, c'est dégueulasse.

Sus mes preux ! mort aux Béarnais !

Les Bourguignons sont-ils des gens comme nous ? Je dis non.

D'abord, dans la fondue bourguignonne, ils mettent de la sauce béarnaise ! Ce sont donc des collabos, n'ayons pas peur des mots. D'autre part, les Bourguignons ont-ils jamais été capables de produire quoi que ce soit de bon à partir du sol de la Bourgogne ? « Certes, non ! » me disait justement l'autre jour un ami, vigneron près de Bordeaux. Certes, quelques régions de Bourgogne donnent une humble piquette que les uns boivent à Dijon et que les aut' pissent de Beaune. Mais peut-on appeler ça du vin ?

Quant aux Dijonnais eux-mêmes, leurs mœurs sont une insulte permanente à la mémoire de Louis XI, qui fut à la fois le père de la réunification de la Bourgogne, qui commença par le traité d'Arras en 1482, et l'amant de Charles Martel qui commença par le traiter de connasse en 1483.

La nuit, les mœurs des Dijonnais sont tellement dissolues qu'on n'entend plus les couinements de leurs chats ; ils les couvrent de leurs hurlements d'extase impure qui montent sataniques et lugubres vers la lune, quand la nuit tombe et que l'amour tarde, de Dijon.

Sus mes preux ! mort aux Burgondes !

Les Bordelais sont-ils des gens comme nous ? Je dis non.

Certains habitants du Bordelais boivent du vin de Bourgogne. Ce sont des collabos, n'ayons toujours pas peur des mots.

Les Bordelais sont très laids. Au reste, dans « Bordelais » il y a « laid », de même que dans « Pinochet » il y a « hochet ». Comment se fait-il que les Bordelais soient si laids alors que leurs femmes sont girondes ? C'est un grand mystère et une nouvelle occasion de nous esbaudire devant l'impénétrabilité des desseins du Seigneur. C'est une raison de plus pour déclarer la guerre à ces gens : « Trucidus et Fornicae mamellae guerrae sunt » : Tuer et violer sont les deux mamelles de la guerre.

Mais, Seigneur, que les Bordelais sont laids ! Avez-vous vu à quoi ressemble le duc de Bordeaux ?

Sus mes preux ! mort aux Bordelais !

Les Normands sont-ils des gens comme nous ? Je dis non.

Les Normands sont fourbes aux yeux bleus. Ils doivent cette particularité psycho-anatomique aux retombées de la guerre de Cent Ans qui fit rage en France pendant de longues semaines, et qui mit face à face les Anglais, venus d'Angleterre, et les Français, venus du bistrot. En 1420, les Anglais s'étaient rendus entièrement maîtres du duché de Normandie. Ils se mirent à genoux pour remercier Dieu, puis à plat ventre pour violer les Normandes, en vertu du code de bonnes manières toujours en usage dans les guerres dignes de ce nom. Or, nous le savons, et pas seulement de Marseille, tous les Anglais sont fourbes aux yeux bleus. Et tous les bâtards de ces fornications guerrières, dont les descendants peuplent aujourd'hui la Normandie, héritèrent de ce double caractère grâce auquel on peut sans peine reconnaître un Normand d'un communiste, car le communiste est fourbe, certes, mais avec les yeux rouges.

Donc les Normands sont anglais, alors que, ne l'oublions jamais, l'Anglais est l'ennemi héréditaire intérimaire, en alternance avec l'Allemand. (En attendant la Troisième Guerre mondiale grâce à laquelle le Russe deviendra le troisième ennemi héréditaire : l'homme aura ainsi atteint le plus haut degré de la civilisation, puisqu'il pourra enfin faire les trois huit à Verdun.)

Autre preuve que les Normands sont anglais : ils mangent du gigot à la menthe. Sans menthe, direz-vous ? D'accord. Et alors ? Quand le duc d'Édimbourg mange des patates à la braise, il ne mange pas la braise, que je sache. Est-ce que ça prouve qu'il n'est pas anglais ?

Sus mes preux ! mort aux Normands !

Les Bretons sont-ils des gens comme nous ? Je dis non.

Le Breton est têtu. Sinon pourquoi dirions-nous d'un Breton : « Il est têtu comme un Breton » ? Alexandre Vialatte, le plus grand écrivain français, avant Dutour et Poulidor, disait que : « Le loup est appelé ainsi à cause de ses grandes dents. » De la même façon, le Breton est appelé ainsi parce qu'il est têtu. Je n'en démordrai pas.

On a pu prouver scientifiquement que le Breton était têtu. Les travaux des plus éminents chercheurs du CNRS ont démontré théoriquement que le Breton trempé est encore plus résistant aux fortes pressions que l'acier trempé. Pour passer de la théorie à la pratique, il suffirait de porter un Breton à ébullition. Mais jusqu'à ce jour aucun Breton contacté pour aider la science dans ce domaine n'a voulu prêter son concours. Donc le Breton est têtu. Par sa faute, la recherche française marque le pas. Et c'est navrant, quand on songe que les Américains, dans leurs laboratoires d'Atlanta, nous ont une fois de plus rattrapés, puisqu'ils ont d'ores et déjà réussi à démontrer que les nègres étaient solubles dans l'acide sulfurique.

Mesdames, messieurs, le temps qui m'est imparti touche à sa femme, mais dans un prochain chapitre nous chercherons les bonnes raisons d'attaquer la Seine-et-Marne.

III

Les enfants sont des cons

Double V. C. Fièlds (je dirai « DA-BELL-YOU-CI FILDS » le jour où les Américains diront « CHAMPS-ÉLYSÉES » au lieu de « TCHEMPZILAÏZIZ »).

Double V. C. Fièlds disait : « Quelqu'un qui n'aime pas les enfants ne peut pas être tout à fait mauvais. » Je ne sais pas si Monsieur Fièlds a raison. Tout ce que je sais c'est que le bon Dieu l'a puni en lui donnant un prénom de chiottes. C'est bien fait.

Et d'abord qu'est-ce qu'un enfant ? Comment reconnaître un enfant d'un adulte, à part la taille ? D'autant que la taille est un indice et non une preuve, ainsi que le faisait remarquer le nain Pieral au gorille du Porno-Palace qui lui donnait une fessée pendant l'entracte de *Ça glisse au pays des Merveilles*.

C'est sur le plan purement psychologique que nous devons nous situer pour pouvoir reconnaître un enfant d'un adulte. En un mot, nous résumerons la différence essentielle entre l'adulte et l'enfant à partir de l'axiome suivant : « Les adultes sont des gens sérieux. Les enfants sont des gens pas sérieux. » Axiome que corrobore magnifiquement le fameux théorème de Zavatta : « Au plus qu'on est moins grand, au moins qu'on est plus petit. »

Les preuves du non-sérieux de l'enfant et du sérieux de l'adulte sont innombrables. En voici quelques-unes particulièrement évidentes.

Quand un enfant veut s'amuser, il ramasse un bout de bois, il dit « Poum-Poum », et son copain tombe par terre les bras en croix, en disant « Damned », s'il a appris le français dans *Tintin,* ou « ARRG ! » s'il a appris le français dans *Spirou*. Puis le copain se relève en disant : « On dirait que j'en suis un autre. » Puis il sort de sa poche un cadeau Bonux et le braque sur l'ennemi en disant : « On dirait que c'est mon rayon laser. » Puis il ajoute : « BZZZZ ». Et l'enfant tombe en arrière en disant : « Vive la République » s'il a appris le français en lisant *Démocratie française,* ce qui serait très surprenant. Enfin, les deux enfants repartent vers Jupiter, après avoir bu une grenadine en grimpant sur le tabouret de la cuisine pour pouvoir attraper la bouteille.

En revanche, quand un adulte veut s'amuser, il ne ramasse pas un bout de bois. Pas con, l'adulte. Il prend un fusil qui fait « Poum-Poum » pour de vrai. Et qui fait pour de vrai des trous dans le ventre de l'autre adulte qui tombe en arrière en criant : « Vive la France » (l'Allemagne, le roi ou la République. Rayez les mentions inutiles, et à mon avis elles le sont toutes).

Après quoi, son sang coule pour de vrai tout autour de lui, et il meurt doucement dans la boue. Puis les autres adultes ramassent les atomes et ils s'amusent de plus en plus sérieusement. A la fin, il y a deux camps, et le chef du premier camp dit à l'autre : « La concentration de missiles anti-missiles sur votre territoire nous contraint à renforcer notre sécurité en construisant de nouveaux missiles anti-missiles anti-missiles, bisque bisque rage. » Et le chef du deuxième camp répond : « Si la concentration de missiles anti-missiles sur notre territoire vous contraint à renforcer votre sécurité en construisant de nouveaux missiles anti-missiles anti-missiles, nous n'hésiterons pas à renforcer la nôtre en construisant de nouveaux missiles anti-missiles anti-missiles anti-missiles, lalalèreu. » Et le chef du premier camp répond : « C'est çui qui le dit qu'y est », et la terre explose une bonne fois pour toutes. Donc, les adultes sont plus sérieux que les enfants.

Par ailleurs, la naïveté grotesque des enfants fait peine à voir, surtout si l'on veut bien la comparer à la maturité sereine qui caractérise les adultes. Par exemple, l'enfant croit au Père Noël. L'adulte non. L'adulte ne croit pas au Père Noël. Il vote.

IV

Sachons reconnaître une femme d'un homme

La femme n'est pas l'égale de l'homme, sinon elle courrait le cent mètres en dix secondes deux dixièmes, ou dix secondes trois dixièmes à la rigueur.

Mais alors, direz-vous, comment reconnaître un homme d'une femme, en dehors d'une piste de course à pieds ? C'est une excellente question, je vous remercie de me l'avoir posée.

Physiquement, il existe de nombreux points de repère permettant à un observateur averti de reconnaître l'homme de la femme.

Généralement, dans nos régions, et même en Seine-et-Marne, l'homme est plus grand que la femme. C'est une anomalie de la nature dans la mesure où, toute sa vie, la femme a besoin de s'appuyer sur l'homme. A-t-on jamais vu un vieillard ou un infirme s'appuyer sur une canne plus grande que lui ? Il y a comme ça des jours où on se demande si Dieu ne boit pas.

On reconnaît l'homme à la rugosité brutale de son teint buriné, et la femme à l'incomparable fraîcheur de son teint scandinave.

Déshabillons un homme et une femme. La première chose qui saute aux yeux c'est que l'homme a des seins grotesques et ridiculement embryonnaires par rapport à la Vénus de Milo. C'est une indication, pas une preuve. Pour être sûr de ne pas nous leurrer, approchons-nous... encore un peu..., n'ayez pas peur. Pinçons légèrement le sein de la personne. Si la personne dit : « Oh ! oui Albert, sois mien ! », c'est une femme. Si la personne dit : « Alors Albert mon pote, ça va pas la tête ? », c'est un homme.

Dans le cas où l'homme et la femme renâcleraient à l'idée de se mettre nus pour que vous leur testiez les seins (c'est une éventualité dont il faut tenir compte, à notre époque d'incommunicabilité et d'indifférence où plus personne ne veut plus aider son prochain), sachez qu'on peut reconnaître l'homme de la femme à son vélo. Le vélo de l'homme est comme ça, voir figure 1. Le vélo de la femme est comme ça, voir figure 2.

Pourquoi cette différence ? Personne ne le sait vraiment, ce qui prouve une fois de plus que les desseins du Seigneur, à l'instar de ceux de Wolinski, sont impénétrables.

De nombreuses hypothèses ont été échafaudées. D'après Verlaine, qui était à la pédale ce que Vatel fut à la queue, c'est-à-dire un maître, le vélo n'est pas conçu ainsi par hasard (revoir figure 1 ; mais moins vite cette fois. Sachons prendre notre temps. Pourquoi courir ? Pourquoi voir la figure 1 à toute vitesse ? Quoi que nous fassions, la mort est au bout de la route de chacun de nous ! Alors pourquoi s'affoler ? Revoyons la figure 1). « Non, ce n'est pas par hasard », crie Verlaine dans « Les sanglots longs des vélos de l'automne », si la divine providence, dans son infinie sagesse, a conçu ainsi le vélo de l'homme, c'est pour qu'il puisse se cogner les noisettes au moment de l'enfourcher. « Car la douleur est rédemptrice. Bienheureux ceux qui souffrent, car le Royaume des Cieux et le Parc des Princes est à eux ! »

Cette explication est fort séduisante, car on comprend alors pourquoi le vélo de la femme n'a nul besoin de comporter le même handicap, et pourquoi le cadre, dans le vélo féminin, est en bas. Au reste, que penseriez-vous d'une femme que l'on verrait enfourcher un cadre supérieur dans la rue ?

Donc la femme est légèrement inférieure à l'homme.

En voulez-vous d'autres preuves ? Oui ? Bon !

Dès l'enfance, on peut toucher du doigt la différence. Soient une poupée et un fusil. Soient aussi un petit garçon que nous appellerons Paul, par convention, et une petite fille que nous appellerons Claudine, par respect pour sa grand-mère qui voulait qu'on l'appelât Claudine.

Donnons la poupée à Claudine. Aussitôt, elle lui chante une berceuse en lui caressant la tête. Donnons-lui maintenant le fusil. Elle le jette. Et même, en grandissant, elle continuera à jeter les fusils qu'on lui tend. C'est pourquoi il y a si peu de femmes dans l'armée. N'est-ce pas un signe flagrant d'infériorité fondamentale, que de ne pas être dans l'armée ?

En revanche, si nous présentons le fusil et la poupée à Paul, il va tuer un maximum de communistes et souffler dans la poupée, la guerre et la poupée gonflable étant les deux mamelles de la virilité, si l'on en croit Sully qui n'avait pas peur des métaphores hardies.

Quand vient la saison des amours, l'homme frotte la rugosité brutale de son teint buriné contre l'incomparable fraîcheur du teint scandinave de la femme, et leurs corps se mêlent dans un élan d'amour puissant et magnifique, mais il ne faut pas non plus exagérer vu que finalement c'est pareil pour les cochons, les vaches et même les phacochères. Au bout d'un laps de temps plus ou moins long, la femme dit : « Oh oui olala » et l'homme allume une cigarette. On dit alors que la femme est « heureuse ». Neuf mois plus tard, pendant que la femme accouche, elle tient la main de son mari. Ainsi il a moins peur, et il souffre moins.

En politique, les femmes sont généralement nulles. Lors d'une élection présidentielle suivant le suffrage universel, par exemple, la femme choisira le candidat le plus beau ! Alors que l'homme choisira le candidat le plus honnête.

En sport, les équipes féminines sont

lamentables, comparées aux équipes masculines ou est-allemandes. Enfin, pour être complets, nous dirons que les femmes françaises sont quand même moins nulles que les femmes étrangères qui mettent des bigoudis pour aller chercher le pain et qui ont les pieds trop longs. Comme l'écrivait si justement dès 1895 Louis Martin dans son ouvrage remarquable : *L'Anglais est-il un juif ?* : « Non seulement la Japonaise est la négation la plus absolue de la femme, mais elle est aussi la négation la plus absolue de la beauté grecque[1]. »

1. Cité par Jean-Claude Carrière et Guy Bechtel dans leur indispensable *Dictionnaire de la bêtise.*

V

Comment aborder une jolie femme ? Pourquoi aborder une femme laide ?

Comment aborder une jolie femme ?

Pourquoi aborder une femme laide ?

Il y a un seul cas où il est convenable d'aborder une femme laide. C'est pour lui demander si elle ne connaît pas l'adresse d'une jolie femme. C'est tout ce qu'il y a à dire sur ce sujet.

Pour aborder une jolie femme, il faut à tout prix éviter les lieux communs de la drague, qui vont de : « Vous habitez chez vos parents ? » à : « Vous venez souvent ici ? » en passant par : « T'en as déjà vu des comme ça ? » La jolie femme, très courtisée, est bien évidemment sur-saturée de ces invites qui frisent la vulgarité. Naguère, quand j'étais encore plus jeune et encore plus beau qu'aujourd'hui, j'abusais de ces formules toutes faites : je n'y ai gagné que déboires et coups de pied dans des endroits que la morale réprouve. Je pense notamment au jour où j'ai dragué une louloute à l'hôpital Cochin. Elle était dans un poumon d'acier. « Vous venez souvent ici ? » risquai-je.

Tout cela est d'une platitude navrante. Visez plus haut, plus noble, plus chic. Wolfgang Amadeus Mozart, qui fut un grand séducteur, au point que même à Francfort on l'appelait « la Saucisse de Salzbourg », était en outre un être exquis et raffiné, lui aussi. (Je dis lui aussi, parce que moi-même, si je ne me retenais pas...) Pour aborder une femme, comme pour aborder la musique, il recherchait la pureté, l'élégance et nul aussi bien que lui ne savait atteindre la grandeur à travers la simplicité et la grâce. La première fois qu'il aborda Elizabeth Maria-Josepha von Grossen-Furstenberg, qui allait devenir sa femme sous le nom de Nénette Mozart, il lui dit simplement : « Madame, la flûte enchantée c'est moi ! » Eh hop, les voilà partis vers leur destin, les yeux dans les yeux et la zigounette dans le pilou-pilou. Pour l'anecdote (car cela n'a rien à voir avec le sujet grandiose qui nous préoccupe aujourd'hui), savez-vous pourquoi ses parents avaient eu l'idée incongrue de le prénommer Wolfgang Amadeus ? Quand il était petit, Mozart avait un prénom normal, comme tout le monde. Il s'appelait Jean-Edern Mozart. C'était un enfant extrêmement turbulent, sale et désordonné. Il aimait particulièrement patauger dans la gadoue en sifflant *la Marche turque.* Après quoi il rentrait se vautrer sur les luxueux fauteuils des galeries von Barbès de Salzbourg de la maison familiale. Chaque fois, sa mère, excédée, lui criait : « Fous le camp ou mets des housses Mozart. » Cette sainte femme avait un fort accent autrichien, comme cela arrive encore assez souvent, surtout en Autriche, « Fous le camp ou mets des housses » devint « Wolfgang Amadeus »[1].

Jean Sébastien Bach fut également un grand séducteur au point que, jusqu'à Salzbourg, on l'appelait « la Saucisse de Francfort ». Bien qu'il fût aussi peu doué pour les choses de l'amour qu'une nageuse

1. Je souligne la parfaite authenticité de cette magnifique leçon d'étymologie : je la tiens de Jean Yanne.

est-allemande pour *le Lac des cygnes,* Jean Sébastien Bach savait trouver le mot juste pour aborder les dames. Un jour, alors qu'il écrivait une toccata sur ses genoux dans le parc floral de Achtung-die-Gonessen (en français : Garges-les-Gonesses), une magnifique blonde parfumée s'assit sur le banc, à côté de lui, et se mit à chantonner d'une voix douce le « Kleine Becasse ist meine cousine » de Chantal Goya. Cette voix qui montait vers le ciel comme un léger cristal bouleversa Jean Sébastien Bach. Il se tourna vers elle et dit : « Je ne sais pas pourquoi cette mélodie me fait penser à Chopin. » La jeune fille tomba aussitôt dans ses bras, puis rentra chez elle en criant : « Maman, ça y est, j'ai eu mon Bach du premier coup. »

De nos jours, une façon très originale d'aborder une femme dans un lieu public consiste à s'esbaudir frénétiquement à la vue de son bébé ou de son chihuahua : « Oh ! Le beau toutou ! Oh ! On est un beau toutou ! Oh Limignoumignou ! Vous aboyez chez vos parents ? »

Bientôt, la dame, bouleversée par tant d'humour raffiné, est prête à fondre. Il ne vous reste plus qu'à lui dire : « Madame, venez donc chez moi, je vous montrerai mon teckel. Il n'a pas de pattes, mais si tu voyais ses roues arrière ! »

Plus subtile encore, la technique d'abordage dite de Jean Gabin, pour la simple raison qu'il en fut l'inventeur. Jean Gabin, qui fut un chaud lapin, avant de devenir un lapin froid (hélas, quel malheur !), poussait la difficulté dans la drague jusqu'à n'aborder que des filles accompagnées de leurs parents. Il entrait dans un salon de thé de sa démarche de moissonneuse-batteuse, se plantait les mains dans les poches devant une table où papa-maman-fifille sirotaient le thé au citron. Il allumait une Gauloise en dodelinant du chef. Regardait la mère. Puis le père. Puis disait à la fille : « T'as de beaux vieux, tu sais. »

J'espère que vous saurez tous tirer profit de ce petit cours d'une grande rigueur scientifique. Sinon, hélas, il ne vous restera plus qu'à aller draguer sur les bancs de l'Association des femmes battues. (Evidemment, elles ne sont pas très belles. Sinon, elles ne seraient pas battues. Un gentleman ne frappe pas une fleur, merde quoi !) Alors là, pour draguer, une seule méthode, dite « méthode Louis XIV » car le Roi Soleil l'utilisait fréquemment quand il chassait le boudin dans la galerie des glaces. Il regardait les courtisanes au fond des yeux (les femmes et la France se draguent pareil), puis il triait les belles des moches, et disait aux courtisans : « Mes amis, servez-vous : les mignonnes c'est pour vous ; les tas, c'est moi ! »

VI

Comment distinguer l'amour des toilettes ?

Comme l'a dit si bien Bergson, le rire est le propre de l'homme. (Quand je dis : « comme l'a dit " si bien " Bergson », j'exagère : en fait, il avait un accent de Clermont-Ferrand absolument épouvantable.)

Pouf, pouf.

Comme l'a dit assez bien Bergson, le rire est le propre de l'homme, fouchtra.

Et l'amour ? L'amour n'est-il point le propre de l'homme ? Quel animal, en dehors de l'homme, est capable d'amour ? La femme, peut-être ? Le flamand rose, qui est un des rares animaux capables d'amour, à ce détail près qu'il est difficile de trouver un tiroir suffisamment profond pour y loger son cou ? Alors que le canard non, mais peut-on réellement parler d'amour dans le canard de ce matin ? Alors que dans *Ici-Paris* d'hier, oui.

Donc, l'amour est le propre de l'homme. Il est donc extrêmement important de bien reconnaître l'amour.

Quand l'amour pose sur nous son aile tendre et chaude (c'est une image. Oublions un peu les flamands roses, voulez-vous ?), nous nous sentons soudain légers, légers, comme s'il nous poussait des ailes (c'est une autre image. Oublions également les canards).

La sensation d'amour s'accompagne d'autres manifestations psycho-physiologiques très caractéristiques. A la seule vue de l'être aimé, on a comme une boule là, voir figure 1, comme une raideur là, voir figure 2, et comme une autre boule là, comme nous l'avons vu à la figure 1, mais de l'autre côté.

Afin de bien reconnaître l'amour, je vous demanderai d'apprendre ce qui va suivre, par cœur, bien sûr : le cœur n'est-il point le siège de l'amour ? Surtout quand on a la tête lourde, si l'on s'en réfère à la repartie bouleversante d'Alfred de Musset à George Sand : « Cause à mon cœur, ma tête est malade. »

1°) Comment distinguer l'amour des toilettes ?

C'est extrêmement simple : l'amour est enfant de Bohème, alors que les toilettes sont enfant du couloir, à droite.

2°) Entre Napoléon et Bonaparte, peut-on parler d'amour ?

La réponse est catégorique : non. Il n'y a pas eu à proprement parler d'amour entre Napoléon et Bonaparte. A cause, notamment, de la différence d'âge.

Certes, Victor Hugo a écrit :

« ... Ce siècle avait deux ans.

Déjà Napoléon perçait sous Bonaparte. »

Mais c'est une image. Et quand bien même ce ne serait pas une image, si l'on devait être amoureux chaque fois que l'on perce sous quelqu'un, on n'en sortirait pas. (C'est encore une image.)

3°) Si l'on ne peut pas parler d'amour entre Napoléon et Bonaparte, peut-on parler d'amour entre la poire et le fromage ?

Bien sûr que oui. Car la poire n'est point, que je sache, un fruit défendu. En revanche, on ne peut pas parler d'amour entre chien et loup, car le chien, étant le cousin du loup, ne saurait, dans le même temps, être sa tante. Sauf, bien sûr, s'il s'agit d'un loup élevé aux navets. Puisque, si mon loup aux navets, on l'appellerait mon oncle.

4°) Peut-on avoir deux amours ?

On cite le cas de Joséphine Baker, une chanteuse qui eut son heure de célébrité entre les trois guerres, c'est-à-dire la guerre de 1914-1918, la guerre de 1939-1945 et la Troisième Guerre mondiale qui, si tout va bien, ne saurait tarder.

« J'ai deux amours », proclama longtemps cette artiste qui fut longtemps la coqueluche du Tout-Paris grâce à son talent et à sa grande beauté. Non seulement ses jambes étaient longues et fines, mais elle en avait deux, ce qui ne gâte rien, surtout quand on a deux amours : « Un amour par jambe », disait Sarah Bernhardt qui mourut monogame. Il est à noter que la plupart des femmes prénommées Joséphine — c'est là une bizarrerie totalement inexpliquée — ont deux amours : c'est valable pour Joséphine de Beauharnais autant que pour Joséphine Baker. Ça l'est moins pour Joséphine de Hautecloque, mais s'appelle-t-elle seulement Joséphine ? Et sait-on seulement quelle est la hauteur de sa cloque ? (Ce jeu de mots impérial d'une grande beauté formelle m'a valu le prix Mongolia 1981 aux jeux Olympiques cérébraux pour handicapés mentaux alpins, au col de l'aut'taré.)

5°) Comment reconnaître l'amour de l'amitié.

Laissons face à face deux personnes nues de sexe opposé dans une chambre tendue de velours rouge, avec des glaces au plafond, de la moquette angora par terre, du champagne dans un seau d'argent et du blues en sourdine. Si au bout d'un quart d'heure, une des deux personnes s'exclame : « C'est con. Si on serait trois, on pourrait faire une belote », on ne peut pas parler d'amour. C'est l'amitié.

En revanche, laissons côte à côte deux éboueurs à l'arrière d'une benne à ordure à six heures du matin. Si, au bout d'un quart d'heure, l'un des deux éboueurs regarde l'autre avec intensité en disant : « Ça m'excite de vider les poubelles auprès de vous », on ne peut pas parler d'amitié. C'est l'amour.

6°) Qu'est-ce que l'amour du prochain ?

Le Seigneur a dit : « Tu aimeras ton prochain comme toi-même. » Personnellement, je préfère moi-même, mais je ne ferai pas entrer mes opinions personnelles dans ce débat.

Un jour que Sœur Teresa était venue à Paris pour dépenser le pognon de son prix Goncourt, le bus 46 lui passa sous le nez. « Ça ne fait rien, je prendrai LE PROCHAIN », dit-elle avec cette bouleversante simplicité qui l'a rendue célèbre des faubourgs de Calcutta jusque chez Castel.

C'est cela l'amour du prochain. Car l'amour, c'est comme le bus 46 : quand on le rate, il suffit de prendre le prochain.

7°) Les militaires sont-ils capables d'amour ?

Certes, oui. Notamment les officiers supérieurs qui sont tous homosexuels, comme l'a d'ailleurs fort bien expliqué Peter Ustinov dans *l'Amour des quatre colonels*. Cela dit, les rumeurs d'idylle entre les généraux Massu et Pinochet, dont le journal *le Monde* s'était fait l'écho l'an passé, sont absolument sans fondement. Et comme dit Jean-Paul Sartre : « Sans fondement, il n'y a pas d'amour possible. »

VII

Les gens malheureux ne connaissent pas leur bonheur

Le bonheur. Qu'est-ce que le bonheur ?

C'est une excellente question, mais je ne me remercie pas de me l'être posée, car la réponse ne se trouve pas sous le sabot d'un cheval, bien que les sabots des chevaux portent bonheur pourvu qu'ils soient ferrés, si l'on en croit la rumeur folklorique. A l'instar de la zizette quand il fait grand froid, le bonheur est un sujet difficile à appréhender. C'est une source de réflexions compliquées et abstraites, qu'on ne peut aborder qu'entre personnes distinguées et nanties de sérieuses références philosophiques.

Pour bien parler du bonheur, le mieux est de se tenir la tête à deux mains, près d'un feu de bois, en écoutant la *Tristesse* de Chopin. On pratiquera de même pour parler de Dieu, de la peine de mort, de la magie noire et des chapeaux trop petits. (En ce qui concerne la réflexion sur les chapeaux trop petits, le feu de bois et la *Tristesse* de Chopin sont facultatifs, mais il ne faut surtout pas oublier de vous tenir la tête à deux mains pendant que votre beau-frère tire sur le chapeau.)

Les plus grands penseurs de notre histoire ont dit des choses passionnantes à propos du bonheur : « Le bonheur est fait des malheurs qu'on n'a pas. » (Je ne sais plus très bien si c'est Montaigne ou Malherbe qui a dit cela.) Ou encore : « Les gens malheureux ne connaissent pas leur bonheur. » (Là, je ne sais plus très bien si c'est Descartes ou moi.) Il est toujours malaisé de retrouver les auteurs de pensées aussi profondes, la plupart ayant été galvaudées au fil des siècles. Par exemple, on attribue à Jésus-Christ, un autonomiste palestinien mort en 33 après lui-même, ce mot charmant : « Laissez venir à moi les petits enfants. » Or, dans *Mein Kampf,* Adolf Hitler, un autonomiste allemand mort en 1945 avant moi, dit la même chose, à un mot près : « Laissez venir à moi les petits enfants blonds. »

Pour en revenir au bonheur, nous voyons donc qu'il est difficile de le cerner autrement que par paraboles, et de le décrire autrement que par des exemples. Ainsi, voici quelques cas typiques empruntés à la vie courante qui nous permettront de bien reconnaître le bonheur le jour où il nous tombera dessus à couilles rabattues. Vous allez me dire : quel rapport entre le bonheur et les couilles rabattues ? Je me demande si c'est une bonne question ?

Cas n° 1. Aspect footballistique du bonheur.

A la fin du match Saint-Étienne-Nantes, Saint-Étienne gagne. Si vous êtes de Saint-Étienne, c'est le bonheur. Si vous êtes de Nantes, c'est le malheur. Si vous êtes de Brive, vous vous en foutez : c'est pas du rugby. Comment l'habitant de Saint-Étienne (je pense qu'on dit un Stéphanois, si c'est un homme, et une Bellifontaine, si c'est une Fontainebloise), comment, dis-je, le Stéphanois, au moment où son équipe gagne, ressent-il le bonheur ? Tout d'abord, il est parcouru d'un long frémissement de là à là, voir figure 1 ; il est pris d'un besoin irrésistible de trépigner en agitant les bras spasmodiquement vers le ciel. Ses yeux s'embuent de larmes. Il crie : « Allez les verts. » Il arrive quelquefois qu'une légère érection s'ajoute à ces différents symptômes, mais c'est une manifestation de virilité extrêmement peu répandue dans les milieux sportifs : c'est la femme de l'A.S. Saint-Étienne qui me l'a dit.

On voit bien, à travers cet exemple, combien le bonheur est une sensation étrange et fugace, hélas, car elle ne dure qu'une fraction de seconde. Après quoi, tout retombe.

Cas n° 2. Aspect sentimentalistique du bonheur.

Comme l'argent, l'amour ne fait pas le bonheur, mais il y contribue. Qui ne s'est jamais senti délicieusement transpercé par l'aiguillon du bonheur, auprès de l'être aimé ? Instant fragile et sublime où les amants front contre front, bouche contre bouche, les yeux dans les yeux, les mains dans les mains, la zigounette dans le piloupilou, ne pensent plus qu'à ce bonheur ardent qui les transporte jusques aux cieux inconnus de la félicité, alors que leurs regards s'embuent de larmes et que leurs corps frémissent de là à là, voir figure 2.

A cet instant privilégié entre tous dans l'idylle d'un couple, les amants sont seuls au monde, ils oublient tout ce qui n'est pas eux : la faim dans le monde, la guerre qui menace, le cancer, la peur des grandes cités, le terrorisme, la défaite de Saint-Étienne, etc., etc. Alors, le poète s'écrie : « Ô temps suspend ton vol », cri sublime et désespéré de l'homme qui voudrait retenir son bonheur alors même que le vent de la vie l'emporte au loin dans la nuit froide de l'oubli ! et la mer efface sur le sable les pas des amants désunis comme un p'tit coquelicot mon âme, comme un p'tit coquelicot, voir figure 3.

Cas n° 3. Aspect démocratistique du bonheur.

Le bonheur n'est pas réservé à l'élite, encore qu'on puisse le regretter, dans la mesure où, comme le disait si justement saint Vincent de Paul : « Il ne suffit pas d'être heureux. Encore faut-il que les autres soient malheureux. »

L'aile veloutée du bonheur peut même entourer de ses plumes sucrées des êtres frustes et vulgaires qu'on eût crus à première vue plus doués pour les travaux manuels que pour la félicité de l'âme. Certes, chez ces gens-là, le bonheur vole au ras des pâquerettes. Je le dis sans mépris aucun, d'ailleurs la pâquerette n'est-elle point une créature de Dieu, au même titre que l'oiseau, le nuage, la mer, qui couvre les abysses, le mazout, qui couvre la mer ? Même Lecanuet est une créature de Dieu, sauf les dents qui sont de chez Paul Beuscher.

Un être d'élite, armateur ou promoteur immobilier par exemple, est capable de ressentir une forme de bonheur à la vue d'un coucher de soleil flamboyant au-dessus de la baie de Rio ; mais si nous montrons la même féerie à un pauvre, ce dernier ne manifestera au mieux qu'un ennui poli devant la splendeur crépusculaire de l'astre du jour. Au reste, vous en connaissez, vous, des pauvres qui vont à Rio en vacances ? Vous me direz : il y a des pauvres à Rio même. Eh bien, eux non plus ne regardent pas le coucher de soleil. Ils ne lèvent même pas le regard vers le ciel. Forcément : leur bonheur, ils le cherchent tête basse, au fond des poubelles.

Cas n° 4. Aspect évangélistique du bonheur.

Dieu fait le bonheur. N'importe quel chrétien venant de recevoir l'Eucharistie vous le confirmera : « Dieu fond dans la bouche, pas dans la main. » Mais suffit-il de fondre dans la bouche et pas dans la main pour apporter le bonheur autour de soi ? Non. C'est pourquoi le bonheur divin total et définitif ne peut se concevoir qu'après la mort, au Paradis. Qu'est-ce que le Paradis ? Le Paradis est un club privé réservé en priorité aux imbéciles et aux infirmes : « Bienheureux les pauvres d'esprit ! Bienheureux ceux qui souffrent dans leur chair. Le royaume des Cieux leur appartient », dit l'Écriture.

Si l'on n'a pas la chance d'être infirme ou imbécile, on peut tout de même espérer connaître le Paradis à condition d'en baver un maximum sur la Terre avant de mourir cocu et si possible dans la misère, avec le téléphone coupé, et le magnétoscope en panne et tout et tout. Mais, direz-vous, à quoi bon avoir souffert le martyre pendant toute une vie, si c'est pour se retrouver finalement dans un club privé plein d'infirmes et d'imbéciles ? Je vous répondrais qu'il ne faut pas s'étonner de voir la cour des Miracles dans le jardin des délices.

Et puis, au Paradis, on est assis à la droite de Dieu. C'est normal, c'est la place du mort. Et il vaut mieux être assis à la droite de Dieu qu'à la gauche d'Ella Fitzgerald, car Dieu ne prend pas toute la place sur le banc, lui.

VIII

Marions-nous bien poliment

Il y a deux sortes de mariage : le mariage blanc et le mariage multicolore.

Le mariage multicolore est appelé ainsi parce que chacun des deux conjoints en voit de toutes les couleurs, pour employer une expression populaire à la con.

Le mariage blanc est appelé ainsi parce qu'il n'est pas consommé, pour employer une expression bourgeoise, à la con également.

Donc, le mariage blanc, qui n'a d'autre raison d'être que la satisfaction de contrats économiques inter-familiaux au sein d'un consensus, doit être proscrit. (Qu'est-ce qu'un consensus, direz-vous ? Eh bien, un consensus, ça vient de... ça vient de loin.)

Pire que le mariage blanc, il n'y a pas.

Sauf, bien sûr, le concubinage nègre, au sein duquel le sang d'un héros de 1789 se mêle au sang des cocotiers au risque d'aboutir à la venue au monde d'un être hideux mi-homme mi-nègre, comme ce sans-culotte à tête de Louis Amstrong, voir figure beurk.

La première phase du mariage normal (non-blanc, mais pas nègre non plus), c'est ce que les spécialistes appellent « le tendre penchant ».

« Le tendre penchant » peut se manifester à tout moment et en tout lieu, au bal, à la fête foraine, dans l'autobus, plus rarement au cours d'une mêlée ouverte dans le Tournoi des cinq nations.

Généralement, c'est au cours d'une valse qu'une tierce personne, camarade des deux parties et donc amie des valseuses...

Pouf, pouf.

Généralement, c'est au bal qu'une tierce personne, amie des deux parties, présente l'un à l'autre chacun des futurs tendres penchés.

Cette présentation doit se faire avec une grande simplicité. Ne pas dire : « Chère Josiane, qu'il me soit permis de vous présenter Albert Lepied, tourneur-fraiseur adjoint aux usines automobiles de l'île de la Jatte.

Cher Albert, qu'il me soit permis de vous présenter Josiane Legenou, sténodactylographe intérimaire aux usines d'armement Lamort. »

Il s'agit là d'un langage élégant certes, mais suranné et tombé en désuétude. De nos jours, les présentations se font plus sobrement, on dira donc : « Un copain. Une copine. Une copine. Un copain. »

Comment le tendre penchant se manifeste-t-il entre les deux tendres penchés ? L'orchestre attaque une valse troublante. Les deux tendres penchés virevoltent. Leurs yeux se croisent. Un long frisson étrange les parcourt de là à là.

Bouleversée jusqu'au tréfonds du piloupilou, Josiane Legenou se prend pour Romy Schneider dans *Zizi impératif*. Albert Lepied, s'il ne se retenait pas, se prendrait à croire en Dieu tant son bonheur est grand. Il voudrait parler mais sa gorge est sèche. C'est la fin de la période « Tendre penchant ». Plus rien ne penche.

Dès le lendemain, Josiane présentera Albert à ses parents, au cours d'une cérémonie d'une extrême simplicité, comme cela se pratique couramment dans les milieux ouvriers où les gens répugnent à manger du caviar tous les jours.

Là encore, les présentations se feront suivant un protocole réduit à sa plus simple expression : « Albert Lepied. Mes vieux. Mes vieux. Albert Lepied. »

A ces mots, des larmes de joie roulent sur les vieilles joues burinées au gros rouge du vieux père et de la vieille mère. Le vieux père pose sa main sur l'épaule de la jeune fille en disant : « Tu seras un homme, ma fille », en hommage à Rudyard Kipling, écrivain anglais né à Bombay (1865-1936), auteur des deux livres de la jungle (1894-1895), et prix Nobel 1907, après Jésus-Christ également.

La cérémonie du mariage proprement dit se déroule en deux temps, à la mairie et à l'église.

La célébration à l'église est facultative au regard de la loi, mais S. S. Jean-Paul II et moi-même recommandons instamment aux jeunes gens de s'y soumettre.

En dehors de l'église, le mariage ne signifie rien ; le couple privé de la lumière divine s'étiole et se déchire, et les enfants qui en sont issus grandissent sans foi ni loi dans la rue, dans les bistrots, et même parfois aux Jeunesses Musicales de France.

La cérémonie à la mairie a été simplifiée à l'extrême. Le maire ne dit plus : « Albert Lepied, voulez-vous prendre pour épouse mademoiselle Josiane Legenou ici présente ? Mademoiselle Josiane Legenou, voulez-vous prendre pour époux monsieur Albert Lepied ici présent ? »

Mais simplement : « Lepied voulez-vous prendre Legenou, Legenou, voulez-vous prendre votre pied ? »

A cette question, chacun des deux fiancés répond « oui » s'ils sont vraiment décidés à unir leur amour pour le meilleur et pour le pire, ou « non », s'ils ont oublié d'être cons.

IX

Qui emmener en voyage de noces ?

Moment privilégié dans l'union du couple, le voyage de noces reste, Dieu merci, l'une de nos trop rares vieilles coutumes qui aient survécu à la barbarie moderniste de ce siècle déshumanisé par l'uniformisation des rapports humains, les cadences infernales, l'éducation sexuelle au laser et les vibromasseurs à quartz. C'est pourquoi les jeunes mariés modernes se doivent de respecter ce rite, doucement suranné en apparence, mais dont les conséquences psycho-sociologiques bénéfiques sur l'avenir du couple sont inestimables.

Au départ, afin de mettre toutes les chances de votre côté pour que votre voyage de noces soit un succès total sur le plan touristique, sentimental et sexuel, la première chose à faire est de partir SEUL.

En effet — et sur ce point les plus grands spécialistes mondiaux des problèmes du couple sont d'accord —, il est indispensable, pour assurer la pérennité et la réussite d'un mariage, que chacun des deux époux sache se garder un jardin secret, un petit coin de vie autonome où l'autre n'a pas accès, afin d'éviter le dangereux piège de l'habitude où s'ensablent à tout jamais trop d'idylles conjugales, pourtant bien commencées sous le double signe de la tendresse et des guili-guili-tout-partout.

Or, il n'est jamais trop tôt pour lutter contre les mauvaises habitudes. C'est pourquoi, en vérité, je vous le redis : « Partez tout seul en voyage de noces. »

Ce conseil vaut évidemment autant pour l'époux que pour la jeune mariée. Encore que, à la réflexion, on peut se demander ce qu'irait raisonnablement faire une jeune femme seule à Venise, avec toute cette vaisselle qui s'accumule à Paris (ou à Vierzon ; mais Paris c'est encore pire car c'est plus loin de Venise que Vierzon). C'est une excellente question, et je me remercie de me l'être posée. Et je me réponds aussi sec : « Halte-là, mon garçon, point de misogynie ! » (Quand je suis tout seul, j'avoue qu'il m'arrive de m'appeler « mon garçon ». Je m'appelle beaucoup moins souvent « ma fille » : ça m'excite et ça me retarde dans mon travail.)

Non ! point de misogynie. Le plus simple, pour savoir lequel du mari ou de la femme va partir en voyage de noces, n'est-il pas de tirer au sort ?

Si ? Bon.

Si le sort désigne le mari, il aura le bon goût de ne pas montrer une allégresse excessive au moment de demander à sa jeune femme de préparer sa valise, surtout s'il s'agit d'une jeune femme hypersensible ou violemment monogame.

Si le sort désigne l'épouse, on procédera à un second tirage au sort.

Si le second tirage au sort désigne l'épouse, on procédera à un troisième tirage au sort.

Si le troisième tirage au sort désigne l'épouse, pourquoi, après tout, ne partiriez-vous pas avec elle ? Elle en meurt d'envie.

Le moment idéal pour un voyage de noces à Venise, c'est incontestablement le mois d'avril. C'est pourquoi je me suis marié en décembre : je déteste Venise : il faut faire des kilomètres avant de trouver un flipper. D'autre part, on nous dit que c'est une ville chargée de souvenirs, mais en fait, c'est plein d'impasses où circulent des mongoliennes, et de lacunes où voguent des mongoliers.

Le plus célèbre de ces mongoliers s'appelle Toto Rialto. C'est un doux crétin inoffensif qui vit dans une vieille barcasse sous un pont vénitien, où il passe le plus clair de son temps à ricaner sottement chaque fois qu'il surprend un jeune couple tendrement enlacé. Tous les amoureux du monde connaissent bien Toto Rialto, puisque ce sont eux qui l'ont surnommé, si judicieusement, « le Con des Soupirs ».

Il est très difficile, pour ne pas dire impossible, de trouver à Venise un bon restaurant. J'ai oublié le nom du soi-disant meilleur restaurant vénitien ; d'ailleurs c'est un nom italien. Je me souviens seulement de l'air ahuri du maître d'hôtel quand je lui ai simplement demandé un pichet de beaujolpif et un far breton. Donc, les Vénitiens sont xénophobes. On ne compte plus les déboires des touristes français à Venise. Récemment, les joueurs de l'ASPTT de Romorantin ont clairement discerné des regards hostiles parmi la population locale, alors qu'ils disputaient une bien inoffensive partie de football dans le Palais des Doges, en nocturne.

Quant au Club des joyeux chasseurs solognots, ils ont eu récemment le plus grand mal à obliger un épicier vénitien rétif à leur vendre une boîte de petits pois destinée à accompagner une trentaine de pigeons qui leur appartenaient pourtant de droit : ils les avaient tués eux-mêmes à la boule, au cours d'une partie de pétanque sur la place Saint-Marc.

Dieu merci, Venise n'est pas que cela. Comme le disait si gentiment Heinrich Himmler en visitant Auschwitz sous la pluie : « Ne boudons pas notre plaisir. »

Venise reste malgré tout, ne l'oublions jamais, l'une des villes les plus extraordinairement pittoresques du monde, avec ses quatre-vingt-dix églises, ses ensembles architecturaux magnifiques, et la grâce tranquille de ses innombrables canaux où s'étirent, au cours des printemps toujours recommencés, les amours tranquilles des enfants du monde. Et puis, surtout, ne l'oublions jamais, à Venise, on reçoit très bien Antenne 2.

Dans un prochain chapitre si je veux, nous aborderons ensemble le problème des voyages de noces à trois.

X

L'hétérosexualité : pour quoi faire ?

Comment assumer son hétérosexualité ?

De plus en plus souvent, de nos jours, on rencontre dans les salons mondains des gens qui, à la question : « Qu'est-ce que vous faites dans la vie ? », se mettent à bomber le torse en disant : « Je suis hétérosexuel. »

Une précision d'ordre grammatical, en passant. On ne dit pas : « Je suis " H "étérosexuel » avec un " H " aspiré. Au reste, il est interdit, en France, d'aspirer du " H ".

Non. On fait la liaison : « Je suis-Z-hétérosexuel. »

Dans les quartiers bourgeois, les gens bien élevés ne disent pas : « Je suis-Z-hétérosexuel », mais : « Je suis-Z-aller-au-sexuel. » Il s'agit là d'une tournure surannée. Nous éviterons de l'employer devant nos employés, et de la servir à nos serveurs.

En revanche, on ne dira pas :

« Je suis-Z-été aux Seychelles », mais : « Je suis-Z-allé aux Seychelles » ; exemple :

« Je suis hétérosexuel et je suis allé aux Seychelles. »

Et non pas :

« Je suis pédé. Je suis été à Marnes-la-quiquette. »

Ceci étant posé — c'est une image : rien n'est posé. Il n'y a même pas de commode — posons-nous autre chose, c'est-à-dire une question. Quelle question ? C'est une excellente question.

Qu'est-ce qu'un hétérosexuel ?

Pour le savoir, adressons-nous à un spécialiste, le petit Larousse qui est avec le petit Robert.

Pouf pouf.

Le *Petit Larousse* qui est, virgule, avec le *Petit Robert,* virgule, l'un des dictionnaires les plus rigoureux sur le plan de la rigueur.

HÉTÉROSEXUEL(LE) : nom ou adjectif. Se dit de celui ou de celle qui éprouve une attirance sexuelle pour le sexe opposé. Exemple : la femme pour l'homme, la jument pour le cheval, la tontaine pour le tonton, la chèvre pour le légionnaire, la gorgonne Nana pour le gorgon Zola, etc., etc.

Comment reconnaître un(e) hétérosexuel(le) ?

Voulez-vous que je vous dise ? Ce n'est pas pour me vanter, mais c'est une excellente question. Et j'irai probablement en hélicoptère pour y répondre. En tout cas, je n'irai pas par quatre chemins. Vous avez vu les bouchons sur les périphs ? Françaises, Français, faites comme moi. Pour répondre aux excellentes questions, n'y allez pas par quatre chemins : prenez l'hélicoptère.

Pour bien reconnaître un (ou une) hétérosexuel(le), il suffit de demander. Exemple :

— Bonjour, madame... Mademoiselle, peut-être ?

— Mademoiselle... peut-être ! ? Hi ! Hi ! Hi !

— Ah bon. Euh... Je voudrais euh... donnez-moi une demi-baguette bien cuite, s'il vous plaît.

— Voilà. Ça nous fait un quatre-vingt-dix, hi ! hi ! hi !

— Euh... mademoiselle euh... vous venez souvent ici ?

— Ben vous êtes drôle vous ! Je viens ici

tous les jours ! c'est ma boulangerie ! hi ! hi ! hi !

— En effet. Pardonnez-moi... Vous êtes très belle. Et... l'éclat purpurin de votre peau bronzée met un baume à mon cœur meurtri de beau jeune homme solitaire. Vous êtes-Z-hétérosexuelle ?

— Non, mais je suis-Z-été aux Seychelles, dans une ferme à vaches. C'est pourquoi ma peau bronzée a l'éclat pur purin...

Cette façon un peu directe d'aborder les gens peut choquer certains. Mais, heureusement, Dieu me tripote, il existe une méthode moins brutale qui consiste à demander aux gens non plus : « Vous êtes hétérosexuel(le) ? » mais « Vous êtes homosexuel(le) ? », l'homosexuel étant celui (ou celle) qui éprouve une attirance sexuelle non plus pour le sexe opposé, mais pour son camarade de bureau.

Exemple : Le maire pour l'adjoint au maire, la jument pour la jument, la tontaine pour la tata, la chèvre pour la légionnaire, le commissaire Maigret pour le commissaire Bourrel ou la gargouille Zolie pour la gorgonne Zola.

A cet égard, on raconte à Londres une

histoire exemplaire. (Moi, on me l'a racontée à La Motte-Beuvron, mais, je vous le demande, est-ce que ça prouve qu'on ne la raconte pas à Londres ? Non ? Bon alors.)

Dans un pub élégant de Mayfair, un gentleman fort bien mis déguste un vieux bourbon sur un tabouret de bar. Entre un autre gentleman tout aussi distingué qui s'accoude à côté du premier, commande un scotch, fait tourner le verre dans sa main pour faire fondre les glaçons, tout en regardant son voisin avec intensité :

— Pardon, monsieur. Je ne voudrais pas être indiscret, mais... vous êtes homosexuel ?

— Non. Non non... Et... et vous-même, monsieur, vous êtes homosexuel ?

— Non !

— Dommage !

Certains de nos lecteurs pourront s'offusquer et renâcler à l'idée de poser ces questions. Je pense notamment aux lecteurs naturellement noués, coincés, chafouins ou scouts de France qui me lisent par milliers. Salut, les p'tits loups. Youkaïdi, Youkaïda, Ribidiki, Ribidika, oua, oua, oua. J'ai moi-même été scout de France. Nous jouions comme de jeunes chiens fous sous la tente.

C'est fatigant finalement, les camps scouts. Je tiens à le dire aux parents qui hésitent à y inscrire leurs enfants : les scouts, c'est bien, mais attention, pas d'utilisation prolongée sans avis médical.

Donc, à l'intention des inhibés complexoïdes qui n'osent pas interpeller leurs semblables dans la rue pour savoir si c'est du pain blanc ou de la brioche maudite, il existe un moyen infaillible de reconnaître un homosexuel d'un hétérosexuel : à sa façon de se tenir à table.

Ça vous en bouche un coin, comme disait Jean-Baptiste Vaquette de Gribeauval. (Je ne sais plus en quelle circonstance Jean-Baptiste Vaquette de Gribeauval a dit « Ça vous en bouche un coin » ? Mais, comme personne, à part moi, ne sait qui était Jean-Baptiste Vaquette de Gribeauval, je ne risque pas d'être contredit ! De toute façon, il est tout à fait ridicule de dire : « Ça vous en bouche un coin », sans préciser le nom de l'auteur de cette phrase sublime, c'est comme si on disait : « Pardonnez-leur parce qu'ils ne savent pas ce qu'ils font » sans citer Jésus-Christ, ou : « Merde » sans citer Cambronne, ou : « Oulala, c'est cuit ! » sans citer

Jeanne d'Arc, ou : « La mer qu'on voit danser » sans citer Balnéaire.)

Alors, bon. Comment reconnaître un hétérosexuel d'un homosexuel à sa façon de se tenir à table ? C'est bien simple : l'homosexuel, quand il met le couvert, met le couteau à droite, la fourchette à gauche, et le verre là, voir figure 1.

Vous allez me dire : « L'hétérosexuel, lui aussi, met le couteau à droite, la fourchette à gauche, l'assiette entre le couteau et la fourchette, et le verre là, revoir figure 1, on ne s'en lasse pas, elle est superbe. Alors ? »

Alors ?

Alors, servons à ce bel inconnu une banane flambée. S'il regarde la banane flambée sans piper, c'est un hétérosexuel. Mais s'il regarde la banane flambée en lui disant : « Comment tu t'appelles ? », c'est une autre paire de manches, comme disait Jean-Baptiste Vaquette de Gribeauval, qui voyait des paires partout.

XI

Les bonnes manières au lit

Ne soyons pas malpolis au lit.

Au temps de nos grands-mères — au temps des miennes en tout cas, on ne m'a pas présenté les vôtres ; d'ailleurs je m'en fous totalement, à chacun son problème : « *Velocipedus memera ?* », disait Euclide (« Est-ce que je te demande si ta grand-mère fait du vélo ? »).

Au temps de mes grands-mères, donc, les gens qui se mettaient ensemble dans un lit pour la première fois étaient assez malpolis. Ils ne se disaient même pas bonjour.

Cette attitude pour le moins cavalière (et je pèse mes chevals) peut nous paraître surprenante aujourd'hui. Elle s'explique par le fait qu'à cette époque, les gens se connaissaient la plupart du temps AVANT de coucher ensemble. Certains même attendaient d'être mariés pour zigounipiloupiler.

De nos jours, aspirés par la vie trépidante de ce siècle infernal, nous n'avons point le temps de nous disperser en salamalecs avant de nous mettre au lit avec nos contemporains. C'est pourquoi il est de bon ton de souhaiter le bonjour et de se présenter avant de se glisser dans les draps, ou sous l'évier, selon qu'on est litophile ou éviériste.

Ces présentations devront être simples et dépourvues d'emphase. Toute attitude pompeuse apparaîtrait déplacée. (C'est une image : ne prenez pas l'expression « attitude pompeuse » au pied du lit. Au pied de la lettre, pardon.)

Présentez-vous simplement, en ajoutant un petit mot gentil, même banal, qui sera toujours bien reçu pourvu qu'il ne s'écarte pas des limites du bon goût.

Exemple : « Bonjour ! Je m'appelle Robin des Bois. Tu la sens ma grosse flèche ? »

Doit-on éteindre la lumière avant de zigounipiloupiler ?

Au temps de mes grands-mères, la décence exigeait que l'on mouchât les chandelles, que l'on soufflât les bougies, et que l'on éteindasse les lampes à pétrole, bien que je me demande si éteindre fait bien éteindasse à l'imparfait du subjonctif.

Mes grands-mères étaient horribles, ce qui peut expliquer en partie que mes grands-pères, leurs camarades de tranchée et leurs livreurs de crinolines, aient pris ainsi l'habitude d'éteindre la lumière avant de les transporter au quatorzième ciel. (Deux fois sept, quatorze : il y a DEUX grands-mères.) Mais, enfin, je n'ai pas la prétention de croire que ce sont mes seules grands-mères qui ont créé la mode.

Il existe une autre explication nettement plus scientifique de l'extinction des chandelles en tant que rite prénuptial inhérent à l'immédiat après-guerre de 1870. Nous devons cette explication au professeur Jean-Edern von Saint-Bris qui sait de quoi il parle, puisqu'il fut chandelier du Troisième Reich avant de remporter Paris-Nice en 1924, l'année où l'arrivée de cette course se disputa dans un bougeoir. Des immenses travaux du professeur von Saint-Bris, il ressort en substance que la disparition de la coutume de l'extinction a des raisons purement ludiques. En effet, une fois la bougie éteinte, elle pouvait avantageusement devenir un amusant compagnon de jeu au lit. Alors qu'avec une ampoule on peut se blesser. Surtout avec une ampoule à vice. Et la baïonnette ?...

Quels mots employer au lit (ou dans le placard à balais pour les manchophiles) pour manifester son autosatisfaction, si l'on est un homme, ou pour dire merci, si l'on est une femme ?

L'homme pourra avantageusement dire : « Oh oui oh lala ah oui ah oui » puis, deux secondes plus tard, appuyé sur un coude au-dessus de la femme pantelante, il dira : « Alors, heureuse ? » en lui soufflant sa fumée de Gauloise dans la gueule.

La femme pourra avantageusement dire : « Oh oui oh lala ah oui ah oui ah oui, encore, encore, apothéose ! » Afin de ménager la sensibilité de l'homme, elle aura intérêt à ajouter : « Oh ! Albert, c'est la première fois que je connais un tel bonheur dans les bras d'un homme. » Une simple petite phrase comme celle-ci suffit à ensoleiller la journée d'un honnête homme, sauf s'il ne s'appelle pas Albert.

Est-il convenable d'être plus de deux dans le même lit ?

J'ai personnellement connu une jeune femme qui se refusait systématiquement à partager son lit avec plus de douze personnes. Elle était terriblement superstitieuse et répétait à qui voulait l'entendre le vieux dicton berrichon :

« Treize au plumard.
Neuf mois dans le tiroir »,

manière élégante d'exprimer les dangers de la treizicitude zigounipiloupilienne.

Pour finir, je terminerai par le début, en répondant à la question qui est sur toutes les lèvres bien que vous l'ayez sur le bout de la langue. Avant d'entrer dans le lit, l'homme, à l'instar de la plupart des mâles vertébrés supérieurs, doit-il encore, de nos jours, délimiter son territoire de quelque manière que ce soit ?

Personnellement, la dernière fois que j'ai baisé au Ritz, j'avais pris préalablement la peine de pisser autour de la chambre.

Je me suis fait jeter.

C'est ce que je dis toujours : les traditions se perdent.

XII

Il est temps, pour nous, d'observer ensemble, si vous le voulez bien, une minute de silence

Il y a exactement 125 ans, à deux ou trois mois près, qu'Albert La Sourdine, le génial inventeur de la minute de silence, s'éteignait sans bruit, dans son discret appartement insonorisé de la place Tagueule à Paris. Pour commémorer ensemble le glorieux souvenir de ce grand Français, je demanderai exceptionnellement aux lecteurs de bien vouloir observer une minute de silence : ....

....

....

....

....

....

....

.... [1] ....

....

....

.... [2] ....

....

... [3] ....

....

....

....

....

....Merci.

(1) Kof, kof.
(2) Prout.
(3) Vos gueules.

C'est en assistant tout à fait par hasard à l'enterrement de saint Eloi, qu'Albert La Sourdine eut l'idée grandiose de la minute de silence qui allait hisser son nom vers les sommets radieux de l'immortalité.

On sait que saint Eloi mourut étouffé dans la culotte du roi Dagobert, au cours d'une surprise-partie mérovingienne assez olé-olé, dans des circonstances fort mystérieuses, car Dagobert n'était pas franc. Lors des obsèques de saint Eloi, les amis du ministre, à peine dessoûlés de la fameuse surprise-partie, suivaient le cercueil en chantant : « Non non non saint Eloi n'est pas mort » (bis). Je ne me rappelle plus très bien le texte dans lequel il est plus ou moins question de la raideur cadavérique partielle du défunt, mais peu importe. « Vous ne pouvez pas la fermer une minute ! » cria alors Albert La Sourdine qui passait par là... Alors, miracle ! le cortège s'immobilise dans un silence immense, sublime, follement émouvant. Plus personne ne bouge, sauf un clochard que tend sa sébile, car il mande, car il mande encore.

La minute de silence était née. Albert La Sourdine, qui alliait au respect des corbillards un sens inné des affaires, courut aussitôt la déposer à la Société des Auteurs, afin que, chaque fois qu'une minute de silence était diffusée sur les ondes de la radio et de la télévision, il pût toucher quelques maigres écus, grâce auxquels il pouvait voyager de par le monde, afin de divulguer aux quatre vents sa grandiose invention.

Hélas, les gens sont méchants. C'est pourquoi, chaque fois qu'une minute de silence est diffusée à la radio ou à la télévision, les responsables de l'émission, mesquins et jaloux, font tout ce qu'ils peuvent pour l'interrompre avec la dernière grossièreté, sous des prétextes purement fallacieux. Exemple :

(...silence...) « Ah ! Je pense que nous avons un petit problème avec la technique. »

Ou encore :

(...silence...) « Ah ! il me semble que nous avons un léger incident avec le télé-cinéma. Allo ? Je vous prie de m'excuser ? Oui ? Ah ! Bien. On me fait savoir que, dans quelques instants, nous serons en mesure de vous diffuser le reportage sur " les Pleureuses du Pirée ", de Raoul Sanglot... Bien. En attendant, dans le cadre de notre série " La télé c'est à moi, j'aurais tort de ne pas en profiter à trois mois des élections ", le président de la République est allé fayoter hier auprès des vieux gâteux de l'hospice de Trifouilly-les-Urnes, etc., etc. »

Merci ! Merci à toi, Albert La Sourdine, toi qui as su nimber de tant de dignité les émouvantes cérémonies de nos monuments aux morts ! Merci pour ces grandioses minutes de silence à peine troublées par le bruissement du vent dans les cyprès ou le rot caverneux de quelque adjudant-chef éthylique.

Merci à toi, Albert La Sourdine, toi qui as su prendre ton bâton de pèlerin muet pour aller porter aux quatre coins du monde ton éblouissante trouvaille, afin de répandre jusqu'aux tréfonds des Amériques incultes et de l'Afrique obscurantiste la flamme éteinte du génie français, dont la torche à jamais brandie scintille au firmament de l'esprit. C'est grâce à toi, Albert La Sourdine, que la cérémonie de jonction du lac Erié et du lac Ontario eut un tel éclat, lors de l'inauguration des fameuses chutes du Niagara par le président Albert Lebrun en 1937.

Quand ce grand homme ouvrit d'une main leste la vanne qui allait libérer les eaux en furie, un grand silence d'une minute, à peine troublé par le bruit de la cataracte, étreignit les cœurs et les âmes. C'est en souvenir de ce grand instant que l'on baptisa ainsi ce haut lieu touristique : « Les chut ! du Niagara. »

C'est grâce à des hommes comme toi, cher Albert La Sourdine, que le vieux royaume des Indes, croulant de faim et d'ennui sous les vieilles coutumes orientales désuètes, retrouva son éclat dans la découverte de la culture occidentale coloniale. Avant la colonisation, quand un maharadjah mourait, des fakirs primitifs et extrêmement vulgaires (ils n'avaient même pas de cravate) poussaient des cris sauvages autour du cercueil tandis que les femmes se frappaient convulsivement la poitrine en criant : « Radjah Hourri Hourri Ratapo » (c'est-à-dire : « Radjah salaud le peuple aura ta peau ! »). Depuis qu'Albert La Sourdine a imposé sa minute de silence aux Indes (par la force, mais c'est le seul langage que ces gens-là comprennent), les obsèques princières ont acquis dans ce pays une dignité remarquable, comme on n'en rencontre que chez nous, à l'enterrement d'Edith Piaf ou de Cloclo, par exemple.

A Calcutta, j'ai assisté moi-même à la

cérémonie funèbre de la grande prêtresse Indira Tamère. Tout autour du cercueil, les pleureuses et les pleureurs professionnels avaient été remplacés par des disciples d'Albert La Sourdine, véritables professionnels du silence, qu'à Calcutta on appelle à juste titre les silenciers du Bengale.

En ce qui me concerne, chers lecteurs, je pense qu'il est temps que je la ferme.

XIII

L'autre façon d'être un con

COMMENT RECONNAÎTRE UN CON ?

Le mot « con » appartient à la langue française et à elle seule. Aucune langue étrangère ne peut se flatter de posséder un mot tout à fait équivalent au mot « con ». Cette carence grammaticale est d'autant plus surprenante que, nous le savons depuis toujours, les étrangers sont TOUS des cons.

Y A-T-IL DES TÊTES DE CONS ?

Bien sûr. Retournez-vous. Si vous êtes seul, un simple miroir de poche fera l'affaire. Si vous ne possédez pas de miroir de poche, allez dans n'importe quelle administration. Quand le préposé vous demandera de remplir le formulaire C 112, alinéa 18, déclamez-lui trois vers de Verlaine. Observez-le bien :

il exprime sous son front bas une sourde consternation : il a l'air con.

Est-ce à dire que tous les préposés des guichets administratifs sont des cons ? Non.

Ah, si, finalement.

EXISTE-T-IL DES SIGNES EXTÉRIEURS DE CONNERIE ?

Certes, oui. On peut reconnaître un con rien qu'à sa façon de s'habiller. La caractéristique vestimentaire du con consiste en un besoin irrésistible de s'habiller comme tout le monde. Faites le test suivant : mettez dix personnes dans une pièce. Observez bien ces dix personnes. Sur ces dix personnes, il y en a au moins une qui est habillée comme les neuf autres : c'est un con. C'est scientifique. Quand quarante personnes s'habillent comme un con c'est l'ACADÉMIE FRANÇAISE. Quand mille personnes s'habillent comme un con, c'est l'ARMÉE FRANÇAISE.

PEUT-ON RECONNAÎTRE UN CON À SA DÉMARCHE ?

Oui, la démarche d'un con est très caractéristique, quoique fort difficile à décrire par le seul moyen du vocabulaire. On peut, cependant, en un mot, si l'on veut bien excuser le manque de rigueur scientifique de l'expression, décrire la démarche caractéristique du con en disant que QUAND IL PART ON DIRAIT QU'IL REVIENT.

Et les cons infirmes direz-vous ? Eh bien... ils vont à Lourdes.

QUELLES DIFFÉRENCES Y A-T-IL ENTRE UN IMBÉCILE ET UN CON ?

Il existe une différence essentielle entre l'imbécile et le con, qui tient en une seule formule d'une grande simplicité : L'IMBÉCILE LIT « FRANCE-DIMANCHE », LE CON ÉCRIT « ICI-PARIS ».

LES CONS ONT-ILS BON MORAL ?

Oui. Ils sont très contents de l'évolution de la situation internationale. Les cons aiment rire. On en rencontre souvent dans les sous-bois, car ils adorent les plaisanteries de derrière les fagots. L'optimisme du con fait plaisir à voir. Par exemple, les cons croient VRAIMENT que si la chemise de Paul est plus blanche que la chemise de Jacques, c'est grâce à PERSIL ANTI-REDÉPOSITION. Par ailleurs, les cons, après rasage, s'aspergent avec BRUTE DE LA JUNGLE, POUR NOUS LES HOMMES. BRUTE DE

LA JUNGLE. L'AUTRE FAÇON D'ÊTRE UN CON.

COMMENT VIVENT LES CONS ?

L'hiver, les cons se massent sur des gradins et crient : « Allez les verts ! » Le fait de se tasser sur des gradins en criant « Allez les verts ! » est un signe irréfutable de connerie. D'autant que cette année, à mon avis, c'est Nantes qui va gagner.

L'été, les cons foncent têtes baissées vers les plages où ils aiment à s'agglutiner pour ne pas perdre une miette de la chaleureuse promiscuité immobilière de la ville. Ils forment ainsi un conglomérat de fourmis, ténu et continu, de Calais à Hendaye et de Port-Vendres à Nice. D'où l'expression : « Être un peu con SUR LES BORDS ».

Au printemps, les cons ne vont pas « CHEZ » le coiffeur, ils vont « A » Lourdes.

A l'automne, les cons reviennent de Lourdes, sauf ceux qui se sont noyés en s'approchant trop près du Manneken Pis.

LES CONS MILITAIRES SONT-ILS PLUS DANGEREUX QUE LES AUTRES ?

Affirmatif. Ils sont féroces et poussent des cris de bête. Entendez-vous dans nos campagnes MUGIR ces féroces soldats ? Oui ? C'est des cons !

LES ENFANTS PEUVENT-ILS ÊTRE CONS ?

Oui. Pas les miens : ils sont à l'école libre. Mais cela peut arriver. J'ai personnellement observé, lors d'une visite à l'Hôpital des Enfants malades de Paris, deux enfants paralysés des deux jambes se moquer grassement d'un autre enfant prisonnier d'un poumon d'acier : « Y peut pas bouger la tête-euh !Lalalalère-euh ! »...

La relève de la connerie est donc assurée.

Y A-T-IL DES CONS CÉLÈBRES ?

Oh oui ! Hélas, la liste en est beaucoup trop longue. Je citerai celui qui, à mon humble avis, est le roi des cons. J'ai nommé le célèbre mathématicien Euclide qui affirme sans rire, je cite : « La ligne droite est le plus court chemin d'un point à un autre. » Quelle connerie ! Chacun sait en effet que la ligne droite NE PEUT ÊTRE le plus court chemin d'un point à un autre. SAUF, évidemment, si les deux points sont bien en face l'un de l'autre.

XIV

Et l'intelligence, c'est du poulet ?

Qu'est-ce que l'intelligence ?

La grande différence entre l'homme et la bête, c'est l'intelligence. Comme le rire, l'intelligence est le propre de l'homme, et beaucoup plus rarement de la femme, mais c'est de moindre importance car la femme, pour peu qu'elle soit belle, n'a guère besoin d'être intelligente. Pour peu qu'elle soit moche, elle a encore moins besoin d'être intelligente.

A ce propos, je citerai le mot admirable de Louis XIV, à la veille de son mariage avec l'infante d'Espagne.

« Sire, dit Marie-Thérèse, ne souffrez-vous point que l'on vous donne pour épouse si pauvrette damoiselle ? Car point jolie ne suis, et point non plus ne brille par l'esprit.

— Madame, répondit Louis, c'est très bien ainsi. Car s'il y a un truc qui ne va pas avec le boudin, c'est bien la cervelle. »

Donc, l'intelligence distingue l'homme de la bête. Pour s'en convaincre, livrons-nous à une petite expérience fort simple. Prenons un homme que nous appellerons Albert. (S'il ne vient pas lorsque nous l'appelons Albert, appelons-le René ou Sigismond, ça n'a absolument aucune espèce d'importance. Personnellement, je m'en fous complètement.) Je disais : « Prenons un homme que nous appellerons Albert » par pure convention. D'ailleurs, je n'avais même pas terminé ma phrase. Je voulais dire : « Prenons un homme que nous appellerons Albert et un chien que nous appellerons Kiki. » (Ce sont juste des appellations arbitraires que je choisissais au hasard pour aider à la compréhension de cette expérience.) Bien. Prenons un homme que... (Si vous préférez appeler le chien Albert et l'homme Kiki, je m'en fous, vous pouvez pas savoir à quel point. Simplement... c'est ridicule. Aucun chien ne s'appelle Albert. Aucun homme ne s'appelle Kiki. Seuls les chiens et les femmes s'appellent Kiki. Kiki Caron, par exemple.) Bon. Prenons un homme... (Je sais bien que

Kiki Caron c'est un nom qui n'évoque plus rien aux moins de soixante ans. C'était une nageuse. Pas dans l'équipe est-allemande. Une femme.) Bon, trêve de digressions oiseuses. Revenons à l'intelligence, car je sens qu'on s'en écarte.

Donc, soit un homme qui répond au nom d'Albert... (S'il ne répond pas au nom d'Albert, ne nous affolons pas, c'est peut-être qu'il est sourd. Pardon. Qu'il est malentendant. Je ne voudrais surtout pas vexer les aveugles qui nous lisent par milliers.)

Donc, soit un homme qui répond au nom d'Albert et un chien qui répond au nom de Kiki. Pour démontrer que l'homme est beaucoup plus intelligent que le chien, il nous suffira de les conduire tous les deux au front à Verdun alors que le combat fait rage et que les obus font des trous dans les jeunes gens qui poussent des petits cris désespérés en ramassant leurs intestins dans la boue des tranchées.

Au moment où le capitaine crie : « A l'assaut les p'tits gars ! », lâchons simultanément l'homme qui répond au nom d'Albert et le chien qui répond au nom de Kiki. Qu'observons-nous ?

Alors que le chien file se planquer dans le

sous-bois, l'homme court se faire éventrer en criant : « Mort aux Boches ! »

N'est-ce pas la preuve que l'homme est plus intelligent que le chien ?

Comme l'échelle de monsieur Richter ou le thermomètre de monsieur Centigrade, l'intelligence de l'homme peut se situer à plusieurs degrés. Au degré le plus haut se situe l'intellectuel qui est un être d'exception : « intellectuel » vient du latin « intel », qui veut dire « tout le monde » et « ectuelus », qui veut dire « je ne suis pas ». Donc : « intellectuel » signifie littéralement « je ne suis pas comme tout le monde ».

En effet, l'intellectuel est un être d'exception qui passe son temps à penser et à réfléchir à la place des autres.

Comment reconnaître un intellectuel ? Extérieurement, l'intellectuel porte une salopette avec des bretelles quand il va manger une salade au crabe à la Coupole. A première vue, on pourrait penser que l'intellectuel s'habille ainsi pour se moquer des ouvriers. C'est faux ; généralement, il n'a jamais vu d'ouvrier d'assez près pour savoir comment ça s'habille. Au reste, comme disait Bagnol et Fargeon : « On ne doit pas juger les gens sur leur mine. L'habit ne fait pas le moine. Soulevez la soutane du pape, vous serez surpris. »

Bien qu'il n'ait jamais vu d'ouvrier (il n'y en a pratiquement pas à la Coupole), l'intellectuel écrit des choses pleines d'idées généreuses et de substantifs abscons sur la condition ouvrière, puis il résout la crise au San Salvador dans un article pour un journal de cadres, puis il s'interroge sur les responsabilités de l'Occident dans la malnutrition du Tiers-Monde, puis il reprend une deuxième salade au crabe, puis il va revoir pour la septième fois *la Veuve joyeuse* de Lubitsch dans la version anglophone, parce que le travail du second assistant machino lui semble plus fouillé que dans la version francophone où, d'autre part, Maurice Chevalier s'exprime en français, langue extrêmement vulgaire. (Pour un intellectuel, une langue vulgaire c'est une langue qu'on comprend.)

Au plus bas degré de l'intelligence, il y a l'imbécile, c'est-à-dire tout le monde, c'est-à-dire vous et moi. Surtout vous. Moi, je ne peux pas être vraiment un imbécile, car je suis un être différent. C'est marqué dans mon journal : « Après chaque rasage, utilisez BRUT de Mèmène, l'after-shave au céleri rave. Vous serez un être différent. »

Nous sommes ainsi des milliers en France à être des êtres différents. Il ne faut pas nous confondre avec les imbéciles qu'on reconnaît aisément : les imbéciles ne se mettent rien sur la figure après chaque rasage, et, d'autre part, leur chemise est moins blanche que la chemise de mon mari. Mais il ne faut pas désespérer des imbéciles. Avec un peu d'entraînement, on peut arriver à en faire des militaires.

XV

Résistance ou Collaboration. Que choisir ?

Que choisir ? Tout, dans la vie, est affaire de choix. Cela commence par : « La tétine ou le téton ? » Et cela s'achève par : « Le chêne ou le sapin ? » D'ici à là, de sa naissance à sa mort, l'homme est en permanence confronté à des choix. (Quand je dis « l'Homme », je dis l'Homme en tant qu'espèce. Encore que la femme soit moins souvent confrontée à ces choix, dans la mesure où elle a intérêt à s'écraser en restant obscure passive et réservée, selon la formule chère aux vrais Hommes, c'est-à-dire ceux qui prennent leur petite bistouquette à la fois pour un bâton de maréchal et pour un diplôme de chef de rayon aux galeries de la femme battue.)

Que choisir ? Fromage ou dessert ? La

cigale ou la fourmi ? La bourse ou la vie ? Jacob ou Combaluzier ? Le sabre ou le goupillon ? Labourage de crâne ou pâturage de dents ? La gauche ou Mitterrand ? Un baril de merde ou deux barils d'une lessive quelconque ? Le bœuf ou l'âne gris ? La valise ou le cercueil ? La liberté ou la mort ? La guillotine ou le garrot ?

Au cours de ma vie, qui n'a été qu'une féerie d'aventures extraordinaires et de rebondissements sur des sommiers dont j'ai oublié le nom, j'ai eu l'occasion d'être confronté à des choix terribles.

J'avais trente-cinq ans en 1940. C'est vrai. J'en ai soixante-seize aujourd'hui. Je sais, je ne les fais pas. Mais j'ai un secret. Si j'ai su, jusqu'à aujourd'hui, conserver ce teint de jeune fille, c'est que j'utilise pour ma toilette intime la brosse à dents « Chignole » aux rayures rouges en vente partout dix francs. Pas d'utilisation prolongée sans avis médical. D'autre part, je prends toujours soin de retarder le vieillissement de mes cellules en menant une vie d'ascète, et en apaisant mes ardeurs printanières avec Calmolive, le savon des stars, qui calme aussi les prunes. J'ajouterai que je me flatte de retarder ma sénilité tout en contribuant à une grande cause nationale en mangeant des bananes, car la banane vaut un bifteck. Encore que je préférerais un cheval entier, à cause de la beauté de son regard, qu'on ne retrouve pas dans la banane. Enfin, j'arrive à rester bronzé été comme hiver sans jamais sortir de chez moi grâce au vin des Branchés, le velours de la Tronche, qui donnera à votre couperose ce teint éclatant que vous envieront bien des chiottes entartrées. Légèrement aphrodisiaque comme son nom l'indique, le vin des Branchés, qui nettoie tout du sol au plafond, est le décapant idéal du système digestif. Pas d'utilisation prolongée sans avis médi... hic... al.

Que choisir quand on a trente-cinq ans en 1940 ? écrivais-je, lorsque je fus, une fois de plus, interrompu par moi-même malgré mes remarques réitérées.

Eh bien, en ce qui me concerne, en 1940, j'ai longtemps hésité entre la Résistance et la Collaboration.

Il faut bien voir qu'en une période troublée comme le fut celle-ci, les courses de chevaux du dimanche étaient fréquemment annulées ; et la seule façon de se distraire après la messe, c'était de faire ou de la

Résistance ou de la Collaboration. Mais que choisir ?

La Collaboration, c'était le bon droit, la respectabilité, le costume-cravate, du sucre, un prie-Dieu à Saint-Honoré d'Eylau.

Oui, mais, la Résistance, c'était la vie au grand air, youkaïdiyoukaïda, la chasse aux girolles et les feux de camps sous la lune avec les copains.

Oui, mais, la Collaboration, c'était la possibilité d'apprendre une jolie langue étrangère à peu de frais.

Oui, mais, dans la Résistance on s'amuse : Boum ! le train ! Boum ! la voie ferrée ! Boum ! le petit viaduc !

Oui, mais, dans la Collaboration, on ne fait pas sauter des ponts, mais on peut sauter des connes.

Oui, mais, dans la Collaboration, pour bien gagner sa vie, il faut dénoncer des Juifs. Ce n'est pas très marrant de dénoncer des Juifs.

Oui, mais, dans la Résistance, on ne dénonce pas les Juifs, mais il faut vivre avec. Ce n'est pas très marrant non plus.

En bref, à force de tergiverser, je n'avais toujours pas pris de décision le 25 août 1944 quand je vis soudain des centaines de chars débouler dans la rue de Rivoli. Je me rappelle très bien ce matin-là. Il faisait un temps splendide, je me promenais sous les marronniers en fleur des Tuileries. Le fracas des chaînes des tanks faisait trembler la poussière. Une jeune inconnue s'approcha de moi. Elle était blonde et belle, au regard bleu.

— Monsieur ! Monsieur ! s'écria-t-elle en me pressant le bras, avec des larmes de joie dans les yeux. Monsieur, regardez ! Ce sont les Américains ! Et les Français aussi ! Votre pays est libéré, Monsieur !

— Pourquoi dites-vous « votre » pays ?

— C'est que je suis citoyenne helvétique, de Berne.

En effet, elle avait un assez fort accent germanique. J'ai juste eu le temps de la tondre. Les FFI arrivaient.

XVI

Comment vieillir sans déranger les jeunes

Comme le disait si justement le général de Gaulle peu de temps avant de couler : « La vieillesse est un naufrage. »

Oui, hélas, la vieillesse est un naufrage, et nous sommes tous sur le même bateau, mes frères. Et nous voguons insouciants, jusqu'au jour où le miroir nous renvoie les premiers signes avant-coureurs de la dégradation du temps ; à moins que nous préférions les découvrir d'abord chez les autres : un jour, comme ça, par hasard, on voit Guy Béart chanter en duo avec Jeanne Moreau à la télévision, et tout à coup l'on se demande lequel est le grand-père de l'autre...

Vieillir... « Mourir, la belle affaire, mais vieillir ! » soupirait le chanteur éclatant qui mourut jeune. Certes, il est pénible de vieillir, mais il est important de vieillir bien, c'est-à-dire sans emmerder les autres. C'est une simple question de bonne éducation.

Même Diogène en son temps l'avait déjà compris, qui eut le bon goût de mourir au fond d'un tonneau, dans le seul but de ne pas déranger ses enfants légitimement gérontophobes. Car la jeunesse est le levain de l'humanité. Elle a besoin de dormir dans le calme, loin des insupportables gémissements des grabataires arthritiques égocentriques qui profitent de leur oisiveté pour agoniser tambour battant, même la nuit, alors que, nous le savons tous, il est strictement interdit de mourir bruyamment après vingt-deux heures.

Vieux parents, vous tous qui déclinez en parasites, accrochés à vos familles, vieux oncles, vieilles tantes, si vous voulez bien vous donner la peine de respecter les simples conseils qui vont suivre, vous saurez alors comment vous éteindre sans bruit, comme un réfrigérateur qui cesse de trembloter quand on le débranche, et vos chers enfants émus pourront vous rendre ainsi l'ultime hommage posthume : « Tiens ! le chat n'est plus sur Mémé, sans doute qu'elle est froide. »

Tout d'abord, pour vieillir discrètement sans gêner les jeunes, persuadez-vous une bonne fois pour toutes que les vieux, sans être à proprement parler des sous-hommes, constituent humainement et économiquement la frange la moins intéressante d'une population.

C'est pourquoi les gouvernements ne se préoccupent de réajuster le minimum vieillesse qu'à la veille des élections. Vous devez bien comprendre que les problèmes inhérents à vos vieux os cliquetants sont nettement moins préoccupants que (par exemple) la très douloureuse et très angoissante question de la vignette moto qui a bouleversé durement toute une partie de notre belle jeunesse bourrée d'idéal vroum-vroum. Un vieux peut vivre avec cinq cents calories. Un jeune ne peut pas vivre sans sa cinq cents Kawasaki.

Donc, chers vieux, chères vieilles, pendant que vous vous tassez doucement, profitez-en pour vous écraser mollement. Chez vos enfants sachez cacher habilement votre décrépitude. N'oubliez jamais que votre détresse humaine est légèrement ennuyeuse pour votre entourage. Certes, les chiffres des instituts nationaux de statistiques nous disent que le nombre des dépressions nerveuses est fort élevé chez les vieillards. Certains même, dit-on, auraient peur de mourir ! A leur âge ! Laissez-moi rire ! Un peu de décence tout de même : le stress et le mal de vivre, c'est comme le jean et le disco : chez les vieux c'est grotesque. Laissez cela aux jeunes, voyons !

En toutes circonstances, effacez-vous, gémissez doucement, claudiquez sans à-coups, emmitouflez vos vieux os, gantez vos arthrites métacarpiennes disgracieuses, étouffez vos tristes toux matinales, minimisez vos cancers.

Si votre petit-fils vous demande : « Qu'est-ce que t'as là grand-mère ? », ne dites pas : « C'est un cancer récidiviste qui me ressort par le genou. » Dites : « Ça, c'est la grosse bouboule sur la papatte à Mémé !

ouh ! La grosse bouboule ! Aguiliguili la bouboulsulapatamémé ! »

De la même façon, si vous piquez, n'embrassez pas les nouveau-nés dans les berceaux. Une poignée de main suffira.

A table, broutez sobrement, sans forcer sur les protides qui sont hors de prix.

Si vous êtes parkinsonien, molletonnez votre assiette pour l'insonoriser. Mieux : mangez sur du polystirène avec une fourchette en skaï ; pour picorer des brisures de riz, c'est bien suffisant.

N'oubliez pas que le tilleul, dont le prix ne cesse de grimper depuis l'attentat de Sarajevo, est un redoutable excitant, surtout sucré.

Ne soyez pas un poids mort pour vos chers enfants. Rendez-vous utiles dans la maison :

Profitez de vos insomnies pour rentrer le charbon, ou pour repeindre votre chambre qui sera bientôt transformée en salle de jeux quand vous ne serez plus là.

Si vous tremblez, ne faites pas la vaisselle, faites les cuivres, et mettez au point un numéro de maracas ou de castagnettes, qui vous permettra de faire une apparition remarquée à la fin des repas de famille.

Quand votre fille reçoit, déguisez-vous en bonne à tout faire et servez à table.

Répondez au téléphone en imitant l'accent espagnol, ou mieux, l'accent anglais (pour essayer d'avoir une voix de fille au pair à quatre-vingts ans, un bon truc : remplacez carrément le tilleul par de l'eau chaude, ça lave les cordes vocales).

Si vous dormez dans la chambre contiguë à celle de vos chers enfants, amusez-vous à ronfler bruyamment : c'est un exercice qui égayera vos insipides insomnies tout en permettant à vos chers enfants de faire l'amour en poussant des cris stridents sans appréhender que vous les entendiez. Les jeunes ont leur pudeur.

Enfin, si vous n'êtes pas trop moche, offrez votre corps à la science pour éviter les frais d'enterrement. Et surtout, dès que vous sentirez venir la mort, ôtez vos dents en or. C'est une simple question de délicatesse.

P.S. : Maman, si tu me lis, tout ça, c'est pour de rire. Viens à la maison. J'ai fait les cuivres.

XVII

Sachons mourir sans dire de conneries

Comment mourir sans avoir l'air d'un con ?

C'est la grande question. En effet, mourir ce n'est pas le vrai problème. C'est à la portée du premier venu. Moi qui vous parle, j'ai même vu mourir des imbéciles.

Ce qui compte, c'est de bien mourir, c'est-à-dire de mourir sans dire de conneries.

Je garde un excellent souvenir du récent décès d'un ami. (Je dis « un excellent souvenir », car le buffet était très bien. On a eu : rillettes d'oie, saumon fumé, croque-monsieur ; c'était fort amusant comme idée, car mon ami se mourait d'une morsure de berger allemand !) Mais ses dernières paroles, quel bide :

« Je quitte cette vallée de larmes sans

regret. Je pense avoir bien mérité de ma famille et de mon pays. Que ma chère femme et mes chers enfants gèrent avec courage et ténacité notre chère entreprise de vidange en gros, tel est mon dernier vœu avant d'aller au ciel. »

Voilà bien une façon de mourir qui frise le ridicule. Mon ami aurait eu avantage à dire exactement la même chose avec beaucoup moins de mots, afin que sa dernière phrase y gagnât en efficacité :

« Je meurs content. Ma famille est dans la merde. »

Au reste, les gens qui ont la chance de mourir dans leur lit sont tout à fait impardonnables de ne pas soigner leurs dernières paroles, dans la mesure où, il faut bien le dire, ils n'ont rien d'autre à faire qu'à s'y préparer.

Ainsi, le grand écrivain normand Fontenelle (1657-1757) (c'est dire à quel point il était centenaire) n'a-t-il eu aucun mérite, au regard de l'Histoire, d'avoir lancé à son médecin : « En somme, docteur, je meurs guéri ! » : il avait passé vingt ans à répéter sous les draps.

De même, les fusillés, les guillotinés, ou

les électrocutés qui ont la chance d'être prévenus quelquefois des semaines, des mois, voire des années avant leur exécution. Je pense notamment à Caryl Chessman, qui a passé sa détention à gratter, gratter, mais qui, finalement, nous a quittés sans rien dire de vraiment rigolo. Ou au maréchal Ney, cet imbécile, qui s'est dressé comme un coq face aux fusils braqués sur lui avant de brailler : « Soldats, visez droit au cœur ! » Comme s'ils allaient lui tirer dans les fesses.

Nul doute que la fin de ce somptueux héros de l'Empire eût acquis une autre dimension si, au moment où l'officier avait crié : « En joue, feu ! », il avait simplement rétorqué : « Ah ! Dur, dur ! », comme dans l'émission de divertissement télévisuel dont je tairai le nom pour ne pas faire de publicité à Collaro.

A la guerre, certes, les combattants qui meurent au champ d'honneur sont le plus souvent pris de court, et le temps qui leur est imparti est malheureusement écoulé avant qu'ils n'aient le réflexe de lancer quelque chose d'inoubliable à la postérité. Nous ne leur jetterons pas la pierre (on achève bien un cheval blessé, on ne jette pas un vieux jean usé, je ne vois pas pourquoi on jetterait la pierre à un mec déjà perforé à la baïonnette).

En cas de conflit nucléaire généralisé, le temps de réflexion est encore plus court, mais de toute façon, à quoi bon, dans ce cas précis, tenter de jeter quelque chose d'inoubliable à la postérité, puisqu'il n'y aura plus jamais de postérité ? Encore que, au Japon, on cite un cas étonnant de dernières paroles sublimes qui furent prononcées par un paysan des environs d'Hiroshima, cher lecteur, et non pas « des environs d'Hiroshima, mon amour ».

C'était donc dans la campagne autour d'Hiroshima, le 6 août 1945, dans la matinée. Le paysan en question rentrait à la maison avec un panier bourré de girolles (c'est le nom japonais de la chanterelle). Du seuil, en ôtant ses grolles (c'est le nom japonais de l'écrase-merde), il héla sa femme : « Eh ! dis donc, Tsin Tsin... » (Tsin Tsin ça veut dire Bibiche en japonais.) « Eh ! dis donc, Tsin Tsin, t'as vu le beau champignon ? »... Et BOUM !

Quelle belle leçon d'humour, surtout venant d'un peuple réputé sombre, âpre au gain, dur à la tâche, légèrement boche sur les bords, et imperméable à l'humour débridé.

Dans un tout autre ordre d'idée, pour apporter de l'eau au moulin de l'esprit nippon, je rappellerai la joviale supplique que l'empereur du Japon fit à Jacqueline Kennedy, lors du voyage de cette dernière à Tokyo, au début des années soixante. Il l'invita à partager le petit déjeuner impérial, et lui tendant la cafetière de porcelaine ancienne, qui lui venait de sa grand-mère la reine Hiro-Hita, il lui dit : « Tu veux du kawa, Zackie ? »

Une autre façon de mourir fort répandue chez nos peuplades européennes, c'est, bien sûr, la mort au volant, qui frappe bon an mal an entre quinze et vingt mille personnes en France chaque année, grâce aux effets conjugués des paupiettes au confit d'oie et des vins issus de nos meilleurs cépages. C'est marqué sur l'étiquette : « Ce vin, pur et naturel, a été mûri au chaud soleil du Midi, et c'est toute la chaleur de la Provence qui est dans le... BOUM », dans le platane ! Les dernières paroles des tués au volant sont généralement décevantes. C'est le plus souvent du style : « Ah ! Merde, j'ai fait tomber ma ciga... BOUM », ou encore : « Ah ! Merde, on va rater Guy Lux, faut foncer sinon AAAH ! BOUM ! »

Un conseil donc, avant de prendre la route le week-end prochain, apprenez par cœur le texte de vos dernières paroles, ou inscrivez-le carrément sur l'étiquette de la bouteille, afin de l'avoir sous les yeux jusqu'au dernier moment.

XVIII

Comment se suicider sans vulgarité

Qu'est-ce que le suicide ?

C'est une excellente question à dix francs, je vous remercie de me l'avoir posée pour pas un rond.

Le suicide, c'est la vraie différence entre l'homme et la bête. Nous ne devons pas croire à ces soi-disant suicides d'animaux, observés par des explorateurs junglophiles imbibés de bourbon, ou par de douteux entomologistes de squares, plus préoccupés de voyeurisme que de réelle recherche de la petite bête. L'un d'eux, je ne sais plus si c'est Jean-Henri Fabre ou Walt Disney, a cru voir un scorpion se suicider en se pinçant frénétiquement la queue jusqu'à ce que mort s'ensuive. Peut-on sérieusement parler de suicide ? Pour le savoir, pinçons-nous frénétiquement le genou, puisque nous n'avons point de queue. La mort s'ensuit-elle ? Que nenni ! Alors ? Pourquoi le scorpion meurt-il ? Parce que le scorpion crache son venin par le bout de la queue, alors que l'homme mange très proprement avec une fourchette, ou des baguettes s'il est batteur ou chinois. La mort du scorpion n'est point un suicide. Elle est purement accidentelle, car le scorpion, contrairement à mon beau-frère qui est gémeaux, ne sait même pas que sa queue est venimeuse.

S'il est vrai, comme je viens de le démontrer par le biais de cet argument caudal fulgurant — caudal, du latin « cauda » : qui a trait à la queue ; ex : la nageoire caudale = la nageoire de la queue ; le wagon caudal = le wagon de queue. Le concours caudal etc., etc. — s'il est vrai, dis-je, que le suicide est la seule différence entre l'homme et la bête, on peut affirmer également que le suicide est la seule différence entre l'homme et le chrétien. En effet, la religion chrétienne, dont la discipline est quasiment laxiste en ce qui concerne la longueur de la soutane dont l'opportunité du port est laissée au libre choix de chacun, alors qu'il est interdit par l'Islam (le porc, pas la soutane), la religion chrétienne, disais-je avant de n'en plus finir entre deux virgules, la religion chrétienne est résolument hostile au suicide. Un chrétien qui se suicide, c'est comme un oranger sur le sol irlandais, ou une fourmi de dix-huit mètres traînant un char plein de pingouins et de canards : ça n'existe pas. On ne verra jamais un chrétien se suicider. Ou alors, c'est qu'il est très malheureux et qu'il a envie de mourir.

Les causes de suicides sont multiples ; je ne les dirai pas toutes, vous vous jetteriez par la fenêtre avant que j'aie fini. Citons en vrac : la baisse du dollar, la trahison de l'être aimé, la mort d'un enfant (d'un enfant sympathique, bien sûr), l'incurabilité d'une longue et cruelle maladie, ou d'une courte maladie rigolote, la hausse du dollar, l'arrivée des Russes par la Porte des Lilas, la chute du franc suisse, pour un Belge, la remontée du franc belge, pour un Belge également, la compromission dans l'affaire Ben Barka, la dépression nerveuse, les dettes, la faillite frauduleuse, la défaite de Saint-Étienne devant Sochaux, le refus de la sénilité diminutive et humiliante dite « syndrôme de Montherlant », la destruction de la récolte par le mildiou, la défaite de

Sochaux devant Saint-Étienne, et enfin, la peur de la mort.

Paradoxalement, en effet, la peur de la mort est une cause fréquente de suicide. Notamment chez les vieillards. Qu'un vieillard ait peur de la mort, c'est déjà anormal, mais qu'il mette fin à ses jours en se pendant dans la grange pour juguler sa trouille dans le même mouvement, voilà qui frise le mauvais goût.

Quelles sont les différentes méthodes de suicide ?

La pendaison. Fort utilisée à la campagne, comme nous venons d'y faire allusion, parce que c'est très bon marché et qu'il y a des poutres partout. Inconvénient : la mort par pendaison s'accompagne d'une certaine raideur caudale légèrement ridicule, mais comme dit à peu près Brassens : « La pendaison papa, ça ne se commande pas. »

Le pistolet. Très viril et sans douleur, donc très apprécié des militaires et autres meneurs d'hommes, qui savent partir la tête haute et la cervelle par terre en laissant à leurs proches des dernières lettres bouleversantes : « Adieu. Je quitte cette terre ingrate. Je ne pouvais plus supporter ma douleur, ni le concerto en Fa de Schönberg, ni les défaites répétées de Saint-Étienne. »

Le gaz. Totalement indolore, recommandé plus particulièrement aux suicidaires égoïstes qui se foutent complètement que l'immeuble explose après leur mort, et aux humoristes de l'école Roland Barthes, puisque, je le rappelle, c'est en 1961 que Roland Barthes, observant à la télévision les gendarmes mobiles lançant des grenades lacrymogènes sur des excités OAS, s'écria pour la première fois au monde : « Ah ! le gaz part ! »

La lame de rasoir. Idéale pour fainéants pas pressés amateurs de mort lente. Utilisez de préférence le rasoir Gilette à deux lames : la première lame coupe le poil sans arracher la peau. La deuxième lame tranche l'artère sans arracher le poil.

Le saut de la tour Eiffel. Très chic, très parisien. L'avantage du suicide depuis le troisième étage de la tour Eiffel, c'est que la durée de la chute, précédant la réception sous forme de bouse, permet au suicidé de réfléchir et bien souvent de changer d'avis en cours de route.

Il existe mille autres formes de suicide dont certaines sont assez vulgaires, comme l'absorption de barbituriques ou l'autopropulsion sous l'autobus 42. La plus originale reste celle de Jean-Jacques Dutronc, un marin marseillais qui se scia lui-même en deux à la tronçonneuse, en apprenant avec désespoir que Gaston Defferre était réélu maire de Marseille. Le malheureux a d'ailleurs survécu, au-dessus du nombril. Mais c'est une histoire de cul-de-jatte : elle est donc sans fondement. Soyons sérieux, comment croire raisonnablement qu'un monsieur Dutronc soit devenu cul-de-jatte uniquement parce que Defferre a repassé.

Mais, Dieu me tripote, voilà-t-il pas que ce discours sombre au plus profond de la sinistrose la plus sibérienne qui puisse se rencontrer à l'est d'Éden ?

A l'heure où j'écris ces lignes, je me trouve effectivement à l'est d'Éden. Pour plus de compréhension, je demanderais à ceux de nos lecteurs qui se trouveraient à l'ouest, au nord ou au sud d'Éden, de se tourner par là, voir figure 1 ; par là, voir figure 2 ; ou par là. Mais alors, direz-vous, où est passée la figure 3 ? C'est une excellente question, mais je n'y répondrai qu'en présence de mon avocat, car je sens bien qu'à compter de cette minute tout ce que je pourrais dire peut à tout moment se retourner contre moi, y compris ce missile anti-missiles qui siffle au-dessus de ma tête dans cet air lourd et pesant surchargé d'électricité et de parfums étranges, sentir figure 4.

Mais, nous nous écartons du sujet et je dis halte-là, car à force de nous écarter du sujet, ne courons-nous point le risque de nous retrouver à Éden même ? Et je vous le demande, qu'irions-nous faire à Éden ? Y a-t-il seulement des gonzesses et des flippers à Éden ?

C'est trop triste. Revenons plutôt au suicide qui est la plus noble conquête de l'homme, tout de suite après le cheval, la femme et les diamants, qui sont tous les trois d'excellents amis de l'homme, pour peu qu'ils soient bien montés. Nous avons déjà suggéré à nos sympathiques lecteurs plusieurs moyens d'en finir avec la vie et son cortège de misères (la faim dans le monde, la peur atomique, le cancer qui gagne, Saint-Étienne qui perd, etc. etc.). Nous avons vu comment nous jeter dans le vide (voir plus bas) ou comment nous pendre (voir plus haut). Nous étudierons plus particulièrement maintenant la dynamique propulsive de l'autodestruction pluri-négative inhérente au suicide, à travers quelques suicidés célèbres. Qu'est-ce que la dynamique propulsive de l'autodestruction pluri-négative ? Eh bien, selon Glucksmann et Lévy, qui furent les premiers à l'utiliser lors du premier symposium des Nouveaux Falots de la Nouvelle-Falosophie, cette expression ne veut rien dire, mais comme disait le regretté Roland Barthes, si on n'écrivait que des choses compréhensibles, on ne pourrait plus faire les préfaces des œuvres complètes de Marx et Engels, les Marius et Olive du Socialisme à poil dur.

Nous n'évoquerons pas le suicide de Robert Boulin qui est encore trop frais, ni celui de Markovic qui est déjà trop pourri ni même celui de Montherlant qui partit superbe, en giflant son gâtisme en pleine gueule, encore moins celui de Jean-Louis

Bory, papillon fragile empêché de voler par le carcan de la Normalité Universelle.

Penchons-nous plutôt du côté des suicidés comiques comme Vatel ou Adolf Hitler, par exemple.

Pour nos plus jeunes lecteurs, que préoccupent essentiellement la carrière de Plastic Bertrand et l'avenir de la vignette moto, je précise que Vatel était cuisinier dans le civil, et Hitler, boucher dans l'armée. (Qu'on excuse l'expression pléonastique « boucher dans l'armée », la seule raison d'être des militaires depuis le début de l'humanité étant de trancher dans la viande.)

Vatel était au service du Grand Condé son plus jeune âge. Jusqu'à sa mort, il régna en maître sur les cuisines immenses du château de Chantilly, où vivait le Grand Condé, gueulasse en semaine, mais le dimanche il mettait un pourpoint propre. Un jour, le Grand Condé sira recevoir le roi Louis (le Grand, le quatorzième, celui qui faisait caca en direct à la fin du Conseil des ministres). C'était en 1671, c'est-à-dire plus de trois cent sept ans avant la victoire de Poulidor dans Paris-Nice, je le précise au cas où il y aurait des coureurs cyclistes qui en auraient entendu parler (pourquoi les coureurs cyclistes n'en auraient-ils point entendu parler, hein ? Ce n'est quand même pas la pédale qui rend sourd).

La conscience professionnelle de Vatel et le grand respect qu'il avait de son métier ne se retrouvent plus guère de nos jours que chez certains hommes politiques qui vendraient leur mère pour plaire aux cons, ou chez quelques promoteurs efficaces qui s'usent la santé à déloger des vieux pour faire pousser des merdes. Apprenant que Louis XIV, alias Loulou Létassélui, venait dîner à Chantilly, Vatel envoya mander à Paris par cocher-express les plus beaux homards et les plus fins turbots qui se puissent trouver. Quand le roi arriva, il autorisa Vatel à lui lécher les semelles, honneur habituellement réservé à la seule noblesse d'épée. Vatel ne se sentit plus de joie. Tout en chantant son allégresse, il confectionna la plus belle mayonnaise melba du monde, avec des morceaux de betterave entiers dedans (pas d'utilisation prolongée sans avis médical). Hélas, la marée n'arrivait pas. A huit heures et demie du soir, la marée n'était toujours pas à Chantilly. Alors Vatel, dégainant son épée, s'en transperça le cœur en criant : « Vive le

Roué », avec l'accent de Chantilly qui est dans le 78 ou même dans le 60, en tout cas, c'est pas des gens comme nous.

Quant à Adolf Hitler, célèbre homme d'État allemand de la première moitié du vingtième siècle, il n'aimait pas beaucoup les 78 non plus. Aujourd'hui encore, dans certains milieux intellectuels judéo-ploutocratiques plus ou moins manipulés par les francs-maçons, on le taxe parfois de racisme. Pourtant, il était très correct, il aimait beaucoup les chiens et il embrassait les petites filles à bouquet en disant : « Laissez venir à moi les petits enfants. Non, pas celui-là, le blond, là, avec les yeux bleus. Tu viens chéri ? »

Adolf Hitler s'est donné la mort dans sa cave, le 30 avril 1945, parce qu'il ne voulait pas faire le circuit de Nuremberg. Au même moment, les Russes arrivaient dans Berlin : des fois, quand ils traversent la Pologne, ils ne peuvent pas freiner.

XIX

Exemple de recette de cuisine : le cheval-melba

Comme le dit si bien mon camarade David Hamilton : « Pour être écrivain, on n'en est pas moins Zoom. » Je prie le lecteur de bien vouloir me pardonner ce lapsus linguae totalement inexplicable. Je le précise à l'intention des milliers de Français qui ne font pas de photo, un zoom c'est un machin qui peut être grand comme ça et large comme ça, voir figure 1. On utilise le zoom dans des cas exceptionnels. Par exemple, si la chèvre est trop loin, on sort son zoom... « Clic, Clac, merci biquette ! » Je dis ça pour les amateurs de photos de chèvres, qui sont légion. Mais on n'est pas obligé de tirer... le portrait... on n'est pas obligé de photographier que des chèvres. Personnellement, je préfère photographier des militaires. C'est moins con qu'une chèvre. C'est vrai ; à un militaire vous dites : « Ne bougeons plus », il ne bouge plus. Alors que je connais des chèvres qui se débattent.

Le plus beau militaire à photographier, c'est le Cosaque, « car il a des bottes, il a des bottes bottes bottes, il a des bottes bottes bottes il a des bottes pointues ». Pour bien prendre le Cosaque, il faut lui laisser ses bottes. Le Cosaque est le plus beau militaire du monde. Dommage qu'il soit communiste. Le Cosaque est un cavalier exceptionnellement doué. Il ne monte que quand il est franchement bourré à la vodka au poivre. Alors, il met sa belle chéchia d'un beau rouge bolchevik, et c'est parti, les chevaux abordent à présent le virage des tribunes, Chalia et Roqué sont en tête. (Le nom entier c'est Chaliapine et Roquépine, mais je sais que Jean-Paul II me lit.) Donc : « Les chevaux abordent le virage des tribunes et c'est... Une de merde qui passe le poteau en tête, montée par Yves Saint-Martoff, ivre mort : toque rouge, cosaque noir ! »

Alors, bon.

Pour bien photographier votre Cosaque, vous lui laissez ses bottes mais vous virez le cheval. Vous mettez le cheval de côté, et vous le laissez mariner là pendant toute une nuit. S'il se sauve, faites-le revenir avec deux échalotes et une pointe d'ail dans un mélange de beurre et d'huile végétale. Il faut un beau cheval. Comptez mille huit cents kilos pour un goûter de trois mille personnes environ. Laissez-le bien dorer. Puis passez au chinois. Ou au nègre si vous n'avez pas de chinois. Prenez un immense fait-tout grand comme ça, voir figure 3 ; aujourd'hui je ne fais pas de figure 2, j'ai la flemme. Prenez un immense fait-tout grand comme ça, et remplissez-le d'eau jusque-là, voir figure 5 ; excusez-moi, je suis vraiment crevé ; mettez votre cheval dont vous aurez eu soin d'ôter les yeux pour que bébé lui aussi puisse jouer au tennis sans danger : un œil de cheval dans la gueule, ça fait même pas mal. Mettez votre cheval dans le fait-tout.

Quand l'eau frémit, le cheval aussi. A l'aide d'une écumoire, chassez le naturel. S'il revient au galop, c'est que votre cheval n'est pas assez mort. De mon temps on achevait bien les chevaux, mais les jeunes d'aujourd'hui ne savent pas bien tuer leur cheval. Je regardais l'autre jour un abattage de chevaux public. Je ne sais plus si c'était à

Vincennes ou à Longchamp : on voit bien les jockeys filer des coups de godasse dans le bide des chevaux, on ne peut pas dire qu'ils n'y mettent pas d'ardeur, mais il faudrait des jockeys plus grands et des éperons plus pointus en Teflon inusable. « L'éperon Téfal à double lame, pour nous les cracks. La première lame rentre dans le bide sans arracher le poil. La deuxième lame sort du bide sans arracher le foie. Téfal : l'autre façon d'être à cheval. »

Alors, bon.

Poursuivons cette délicieuse recette du cheval Melba qui me vient d'un dîner de belles têtes chez Paul Beau-cul. Je disais que pour bien tuer un cheval, il y a des méthodes plus rapides que la course à Longchamp. La corrida est nettement plus expéditive, et on voit le cheval saigner, ce qui présente en outre l'avantage de faire trembloter d'une ultime jouissance la cellulite fessière des mémères emperlouzées engoncées dans leur gaine à la cinquo de la tarde. On peut également essayer de tuer un cheval en le faisant tourner comme un con autour d'une piste de cirque, mais il y faut plusieurs années et la viande est un peu dure. (Dans ce dernier cas, pensez à plumer le cheval avant de le cuire.)

Alors, bon.

Quand l'eau a bouilli pendant vingt minutes, retirez le cheval. Attention : s'il est rouge, c'est un homard. Et si c'est un homard... j'arrive, je suis pas raciste. Voilà, voilà un jeu de mots spirituel : si c'est un homard j'arrive. Omar Shariff. Voilà un bicot sympa. Et sa femme ! Voilà une femme fidèle ! C'est la femme d'un seul homme. Contrairement à toutes ces chiennes qui couchent à droite à gauche. Et encore. Si elles couchaient à droite ou à gauche avec le même. Madame Shariff, c'est un modèle de fidélité conjugale. Elle me l'a dit hier encore : « Non, Pierre, je vous en prie : je n'accepte de bise que de omar. »

Alors, bon.

Pour la photo du Cosaque, vous ôtez le cheval, vous laissez les bottes, vous zoomez, ouverture à 2/8, tâchez de cadrer un bout du Don, on y est ? Ne bougeons plus... « Clic, Clac, merci Cosaque ! »

XX

Comment répondre poliment à une lettre du Trésor public

TRÉSOR PUBLIC

075-014

TRÉSORERIE PRINCIPALE
de PARIS
(9ᵉ arrondissement, 1ʳᵉ division)
82, rue Saint-Lazare
75436 PARIS CEDEX 09

Tél. 874.80.47
C.C.P. 9002-73 M Paris

AVIS DE REMBOURSEMENT

P.M.B. : 7624

Le 29.6.78

Monsieur

Je suis heureux de vous faire savoir que le Trésor doit vous rembourser une somme de un franc trente centimes

par suite de trop versé foncier 77 D 662

Les sommes inférieures à 1 500 F peuvent être payées en numéraire. Dans ce cas, vous vous présenterez à mon bureau, muni du présent avis et d'une pièce d'identité, ou vous remettrez cet avis, après avoir signé dans le cadre « ACQUIT », à une personne qui en percevra le montant. Celle-ci devra alors présenter, en outre, une pièce d'identité établie à votre nom et revêtue d'un spécimen de votre signature, ainsi qu'une pièce d'identité établie à son nom.

Quel que soit leur montant, même inférieur à 1 500 F, les remboursements peuvent être effectués par :

☐ virement postal à votre compte nº :

centre de chèques postaux de :

☒ virement bancaire à votre compte nº : [redacted]

banque Société générale agence : [redacted]

☐ mandat-carte payable à domicile, frais déduits.

☐ chèque sur le Trésor.

Dans les quatre derniers cas, il convient de me renvoyer le présent avis, annoté de votre choix en marquant d'une croix la case correspondante.

Si la somme qui vous est due est inférieure à 1 000 F, et à défaut de réponse de votre part dans le délai de deux mois, je procéderai d'office au remboursement par mandat-carte, les frais d'expédition étant comptés à votre charge.

Dans l'attente de votre réponse, je vous prie d'agréer l'assurance de mes sentiments distingués.

1 237 8.

Pierre Desproges
à Paris

à

TRÉSOR PUBLIC
Trésorerie Principale
Paris Cedex 09
P 14B 7624

Mon Trésor,

Merci de ta gentille lettre P 14B 7624, elle m'a fait bien plaisir.

Pour les 1,30 francs que tu me dois, tu serais sympa de les virer à mon compte bancaire le plus vite possible. Ce serait pour acheter une demi-baguette à 1,90 francs avant que ça augmente encore. Avec les 5 centimes en trop, je pourrais avoir un roudoudou ou deux carambars, à moins que je décide d'aider la recherche contre le cancer.

Ici, il fait un temps dégueulasse.

J'espère qu'à Cedex 09 vous avez beau temps.

Je te prie d'agréer, Mon Trésor, l'expression de mes sentiments distingués.

Pierre Desproges.

XXI

Ceci est mon testament

Je vais mourir ces jours-ci. Il y a des signes qui ne trompent pas :

1°) Quand je fais ça, j'ai mal ici, voir figure 1, et quand j'appuie là, ça m'élance d'ici à là, ouille, figure 2.

2°) Le docteur est venu hier. En m'auscultant, il a dit :

« Oulalalala ! mon pauv'vieux. »

3°) J'ai mon jupiter dans le poisson.

4°) Ma femme chante plus fort dans la cuisine.

Sur le plan purement clinique, le signe irréfutable de ma fin prochaine m'est apparu hier à table : je n'ai pas envie de mon verre de vin. Rien qu'à la vue de la liqueur rouge sombre aux reflets métalliques, mon cœur s'est soulevé. C'était pourtant un grand Saint-Émilion, un Château-Figeac 1971, c'est-à-dire l'une des plus importantes créations du génie humain depuis l'invention du cinéma par les frères Lumière en 1895. J'ai soulevé mon verre, j'ai pointé le nez dedans, et j'ai fait : « Beurk ». Pire, comme j'avais grand soif, je me suis servi un verre d'eau. Il s'agit de ce liquide transparent qui sort des robinets et dont on se sert pour se laver. Je n'en avais encore jamais vu dans un verre. On se demande ce qu'ils mettent dedans : ça sent l'oxygène et l'hydrogène. Mais enfin, bon, j'en ai bu. C'est donc la fin.

C'est horrible : partir comme ça, sans avoir vécu la Troisième Guerre mondiale avec ma chère femme et mes chers enfants courant nus sous les bombes. Mourir sans savoir qui va gagner : Poulidor ou Hinaut ? Saint-Étienne ou Sochaux ?

Mourir sans avoir jamais rien compris à la finalité de l'homme. Mourir avec au cœur l'immense question restée sans réponse : Si Dieu existe, pourquoi les deux tiers des enfants du monde sont-ils affamés ? Pourquoi la terre est-elle en permanence à feu et à sang ? Pourquoi vivons-nous avec au ventre la peur incessante de l'holocauste atomique suprême ? Pourquoi mon magnétoscope est-il en panne ? Je ne sais pas ce qu'il a, quand on appuie sur « lecture », ça marche. Mais, au bout de dix secondes, « clic », ça se relève tout seul ! Alors, bon, j'appuie sur le bouton « retour rapide ». La bande se recule au début. Je rappuie sur « lecture ». Et là, ça marche !

Pourquoi, pourquoi, pourquoi ? Qui sommes-nous ? Où allons-nous ? D'où venons-nous ? Quand est-ce qu'on mange ? Seul Woody Allen, qui cache pudiquement sous des dehors comiques un réel tempérament de rigolo, a su répondre à ces angoissantes questions de la condition humaine ; et sa réponse est négative : « Non seulement Dieu n'existe pas, mais essayez de trouver un plombier pendant le week-end. »

J'en vois d'ici qui sourient. C'est qu'ils ne savent pas reconnaître l'authentique désespérance qui se cache sous les pirouettes verbales. Vous connaissez de vraies bonnes raisons de rire, vous ? Vous ne voyez donc pas ce qui se passe autour de vous ? Si encore la plus petite lueur d'espoir nous était offerte ! Mais non : c'est chaque fois la même chose : j'appuie sur le bouton « lecture », ça marche. Mais, au bout de dix secondes, « clic », ça se relève tout seul ! Alors, bon, j'appuie sur le bouton « retour rapide ». Ça se recale au début. Je rappuie sur « lecture ». Et là, ça marche ! Pourquoi ? Pourquoi ? Pourquoi ?

Comme le disait si judicieusement mon amie Eva l'autre jour, alors que nous tentions de travailler ensemble : « Si ça se relève chaque fois que tu appuies sur le bouton, on n'est pas sortis de l'auberge. »

Avant de mourir, je voudrais remercier tout particulièrement la municipalité de Pantin, où je suis né, place Jean-Baptiste-Vaquette-de-Gribeauval. Et, comme je suis né gratuitement, je préviens aimablement les corbeaux noirs en casquette de chez Roblot et d'ailleurs que je tiens à mourir également sans verser un kopeck. Écoutez-moi bien, vampires nécrophages de France : abattre des chênes pour en faire des boîtes, guillotiner les fleurs pour en faire des couronnes, faire semblant d'être triste avec des tronches de faux-cul, bousculer le chagrin des autres en leur exhibant des catalogues cadavériques, gagner sa vie sur la mort de son prochain, c'est un des métiers les moins touchés par le chômage dans notre beau pays.

Mais moi, je vous préviens, croque-morts de France : mon cadavre sera piégé. Le premier qui me touche, je lui saute à la gueule.

Table

DU MÊME AUTEUR

Vivons heureux en attendant la mort
Seuil, 1983, 1991, 1994
et « Points », n° P384

Dictionnaire superflu
à l'usage de l'élite et des bien nantis
Seuil, 1985
et « Points », n° P403

Des femmes qui tombent
roman
Seuil, 1985
et « Points », n° P479

Chroniques de la haine ordinaire
Seuil, 1987, 1991
et « Points », n° P375

Textes de scène
Seuil, 1988
et « Points », n° P433

L'Almanach
Rivages, 1988

Fonds de tiroir
Seuil, 1990

Les étrangers sont nuls
Seuil, 1992
et « Points », n° P487

La Minute nécessaire de monsieur Cyclopède
Seuil, 1995
et « Points », n° P348

Les Bons Conseils du professeur Corbiniou
Seuil/Nemo, 1997

La seule certitude que j'ai, c'est d'être dans le doute
Seuil, 1998

Audiovisuel

Pierre Desproges portrait
Canal + Vidéo, cassette vidéo, 1991

Les Réquisitoires
du tribunal des flagrants délires
Epic, disque et cassette, 1993

Chroniques de la haine ordinaire
Epic, disque et cassette, 1994
et cassette vidéo, 1996

Pierre Desproges au théâtre Fontaine
Epic, disque et cassette, 1995
et cassette vidéo, 1996

Pierre Desproges au théâtre Grévin
Epic, disque et cassette
et cassette vidéo, 1996

IMPRIMERIE BRODARD ET TAUPIN À LA FLÈCHE (4-98)
DÉPÔT LÉGAL : JUIN 1997. N° 32128-2 (1101U-5)